OSER FUIR

ISBN 978-2-914823-3-26

Arrigo Lessana

OSER FUIR

EXILS ÉDITEUR
2 rue du Regard, Paris VIe

2024

DU MÊME AUTEUR

L'Aiguille, Denoël, 2010
Le Sens de l'orientation, Christian Bourgois, 2015
Nos conversations du mercredi, Christian Bourgois, 2018
Après l'avalanche, Exils, 2021

À Charlotte

Avril. La neige du coucou nous a surpris ce matin. Épaisse et transparente, traversée par la lumière du printemps — comme il pleut parfois au soleil —, elle a couvert pour un moment les prés où fleurissent les jonquilles.

Au *Petit Social*, le bistrot du village où je viens souvent feuilleter le journal et prendre un café, trois jeunes femmes avalent une tartine et se préparent à partir en montagne, enfilant diverses couches de doudounes multicolores ; l'une d'elles, que je vois d'ordinaire derrière le bar, se tourne vers moi et me dit qu'elles vont accompagner cette grande fille au chignon en bataille, qu'elle me montre du menton, pour une course d'échauffement avant une semaine d'examens montagnards dont elle espère sortir avec le diplôme de guide de haute montagne. Les deux amies serviront de « clientes » à l'aspirante guide. « Ça a l'air calme, mais il y a du vent là-haut », me dit-elle joyeusement. Le vent là-haut, ça peut être redoutable, je me dis, avec un peu d'envie tout de même, car je sais bien que je ne pourrais pas suivre leur train comme j'ai pu le faire à leur âge.

Toujours les mêmes au *Petit Social*, les piliers du bar, des pisteurs, des voisins, des grimpeurs, skieurs et alpinistes ; et la playlist Spotify, pop, RnB, jazz rock. J'y rencontre souvent Marin (curieux prénom pour un Savoyard), un homme pas bien grand, plutôt enveloppé, toujours affublé d'une serviette pleine de documents. En ce moment, Marin s'intéresse aux personnages qui ont séjourné dans la vallée de l'Arve et qui ont marqué leur passage. Le peintre William Turner a peint le Chapeau lors d'un de ses nombreux voyages dans les Alpes, me dit-il, un petit sommet en forme de bosse que nous avons devant nous, à gauche des Drus et de l'aiguille Verte. Marin a été guide dans sa jeunesse. À voir son petit gabarit, j'ai du mal à imaginer qu'il a grimpé la plupart des sommets qui nous entourent ; ce dont d'ailleurs il fait peu de cas.

« Ça ne te manque pas, ton métier de guide, je lui dis, alors que nous nous installons sur la coursive à l'extérieur du bistrot et posons nos tasses sur la rambarde… Tu n'as plus envie d'emmener des clients en montagne ? »

Marin semble réfléchir avant de répondre. Si longtemps que j'ai l'impression qu'il ne m'a pas entendu.

« Il y a eu un jour, dit-il enfin en détachant les mots comme s'il les décortiquait, un moment, où je me suis dit : plus jamais. »

Marin se penche sur la balustrade, pliant les bras, posant son menton sur ses poings.

« Tu vois les Courtes, dans le bassin d'Argentière, en face du refuge, pas aussi verticales que les Droites, mais quand même bien raides, huit cents mètres de dénivelé à peu près — la face nord-est —, en neige d'abord, et en glace quand ça se redresse à l'approche du sommet. Je grimpais avec un client américain. L'homme était lent. On avait devant nous deux cordées ; derrière nous, deux ou trois autres. Les gars, devant, cognaient la glace à coups de piolet. C'était la nuit. Les morceaux de glace tombaient en sifflant comme des flèches de verre, *psssii, psssii…* Pas plus gros que le poing, ça peut te fendre le crâne. Tu ne vois pas d'où ça vient, et si tu lèves les yeux, tu risques d'en prendre un sur la figure. Obligé de rentrer la tête dans les épaules pour présenter ton casque aux morceaux de glace… Je me suis dit : "J'ai trois enfants, faut que j'arrête ça." »

Marin se tourne vers moi. Sans sourire, il ajoute :

« Et puis, je venais de construire ma maison. Avec un emprunt sur le dos…

— Plus facile de savoir pourquoi on décide d'arrêter la grimpe que de se demander pourquoi on gravit les montagnes ! »

Ça l'amuse, Marin, ma réflexion, il rit, et ce n'est pas fréquent chez cet homme plutôt taiseux, amical aussi, et toujours curieux.

Dès qu'on dit pourquoi, c'est un peu comme quand on ramasse un caillou au hasard, et qu'on aimerait qu'il apporte une réponse : parce que j'ai l'impression de tenir le globe dans mes bras ; parce que j'aime l'odeur de l'altitude ; parce que je veux aller « là où jamais la main de l'homme n'a mis le pied ».

Les alpinistes vont en montagne pour ceux qui restent chez eux ; ils grimpent, ils racontent. Le récit s'inscrit dans les chaumières ; il file dans la vallée, dans la plaine. C'est en grimpant qu'ils écrivent l'histoire. Les récits des montagnards sont souvent diaboliques, des histoires terribles ; ils sont vivants quand ils racontent, mais entourés de morts et d'accidents. Ils fascinent parce qu'ils vous disent comment ils vont mourir — par analogie avec les récits de ceux qui ont déjà disparu. Ils osent mourir, s'il le faut, pour ceux qui ne s'aventurent pas.

Prestige de ceux qui reviennent des cimes, mais aussi de ceux qui rentrent de la guerre, qu'on regarde comme s'ils avaient traversé une matière noire indicible ; d'ailleurs, la plupart du temps, ils parlent peu à leur retour de ces terres-là.

« Pas du tout ! rétorque Marin, arrondissant les voyelles comme font les Hauts-Savoyards, les alpinistes grimpent pour eux-mêmes, c'est leur façon d'être, ils ont leur propre langage et vivent leurs aventures en compagnons de cordée ; ils sont diserts et ne cessent de raconter ; ils écrivent des livres aussi, souvent superbes, qui nous emmènent sur les pentes comme si nous y étions. »

Dehors la neige est revenue en giboulées, aussi brusquement qu'elle avait disparu tout à l'heure, et ne tarde pas à s'évaporer à nouveau, soudain.

« L'Ange blond, ça ne te dit rien ?

— Non, rien.

— À la question : "Pourquoi vous gravissez les montagnes", il avait l'habitude de répondre :

Parce que les montagnes sont là.

Parce que j'aime ça.

Parce que mon père grimpait. »

Les deux premiers motifs, très bien. Le troisième aussi, il faisait comme son père : pourquoi pas, dans bien des cas, ça ressemble à une bonne idée… Sauf que son père n'avait jamais grimpé ni parcouru les montagnes d'aucune façon.

Il avait trouvé deux raisons pour répondre à la question de savoir pourquoi il gravissait les montagnes ; il en a inventé une troisième, un pedigree de grimpeur, pourquoi pas ?

L'Ange a fait des ascensions inédites et participé à des aventures dramatiques, à peine croyables. Il s'est tué en ouvrant ce qu'on appelle la « directissime », sur la face nord de l'Eiger, dans le massif des Alpes bernoises. Il est tombé sous les yeux d'un journaliste qui suivait l'ascension au télescope depuis l'hôtel *Bellevue des Alpes*, dans le village de la Kleine Scheidegg, situé sous la face. C'était un grimpeur époustouflant d'audace, d'adresse, d'endurance et de force. Les récits qu'il faisait de ses exploits, de ses victoires, de ses échecs aussi, laissaient les alpinistes pantois. Et si certains doutaient de leur véracité, c'est que l'homme les y aidait en inventant des épisodes fantaisistes, les rendant improbables mais tellement plus séduisants que la réalité toute nue.

Il conçut un projet qui l'aurait porté à la hauteur d'un héros de l'*Iliade*. Voulant « faire mieux » que Heckmair et ses compagnons, les premiers ascensionnistes de la face nord de l'Eiger en 1938, il traça une ligne directe — directissime — sur le topo de la terrible face, du socle jusqu'au sommet, et se dit que lui et ses compagnons allaient suivre au plus près le pointillé de cette voie imaginaire. Un tel projet, à la recherche des difficultés les plus extrêmes, confrontait de façon pour le moins optimiste l'imagination à la réalité. Lorsqu'il s'engagea dans le dernier surplomb, l'Ange savait qu'il y avait un accroc sur la corde — son proche compagnon de cordée le lui avait signalé —, vraisemblablement entamée par la chute d'une pierre. La corde s'est rompue sous son poids. Son corps a été retrouvé mille trois cents mètres plus bas, étendu sur la neige.

L'Eigerwand, écrivait Gaston Rébuffat, *jaillit comme un trouble-fête des prairies aimables qui entourent la Kleine Scheidegg*: il est sombre, froid et ne dégage aucune joie… Toujours à l'ombre, il ne participe pas au grand voyage quotidien de la terre autour du soleil ; seuls quelques rayons lèchent sa crête et la réchauffent un peu.

Avec mon ami Émile, guide de haute montagne, nous avons mis l'œil dans le télescope de l'hôtel *Bellevue* au village de la Kleine Scheidegg, lors d'un triste voyage. Émile avait perdu sa femme. Elle avait disparu dans une crevasse, alors qu'elle le suivait à skis sur le glacier du Tour. Il s'est retourné, et tout à coup, rien, personne. Autour de lui l'étendue craquelée du glacier sous le soleil aveuglant. Il a appelé de sa voix blanche, cherché… Les secours sont venus, ils sont descendus dans la crevasse, prise, effacée sa femme…

C'était une façon d'occuper Émile, dans son chagrin, et, sans que nous en soyons véritablement conscients, nous sommes allés voir la face nord de l'Eiger, dont chacun sait qu'elle n'est pas réjouissante, toujours sombre par les jours les plus ensoleillés. À travers l'optique, nous avons retrouvé le pointillé de la « directissime », ainsi que l'itinéraire de Heckmair et ses compagnons lors de la première ascension : le premier ressaut, le Bivouac de la mort, la Rampe, la Traversée des dieux, l'Araignée, la Mouche, le Mur de sortie.

Fin juin ou début juillet 1938, Anderl Heckmair campe au pied de « l'Ogre », le surnom que l'on donne à la face nord de l'Eiger. Il attend son ami Ludwig Vörg qui tarde à le rejoindre ; il pleut sans discontinuer. Avec sa carrure d'athlète, son visage osseux, ses yeux d'acier perçants, Heckmair a l'air d'un Spartiate. Il fume la pipe et promène autour de lui un sourire malicieux, pas du tout débonnaire ; sa présence intense suggère une authentique sobriété.

Deux alpinistes autrichiens, Heinrich Harrer et Fritz Kasparek décident également de tenter l'ascension. Au deuxième jour, ils se trouvent en difficulté à mi-hauteur de cette face verticale de 1 800 mètres. Très vite, les deux Allemands, Heckmair et Vörg enfin arrivé entreprennent l'ascension et viennent au secours des Autrichiens. Les quatre hommes, conduits par Heckmair, atteindront ensemble le sommet, dans la tempête, après quatre jours d'une terrible bataille.

Hitler les a félicités et leur a offert des médailles tout en les gardant à l'œil.

Leurs routes ont divergé.

Ludwig Vörg a évité les nazis. Une balle de sniper lui a perforé le crâne, sur le front de l'Est, le premier jour de l'opération Barbarossa.

Fritz Kasparek trouva la mort lors de l'effondrement d'une corniche de neige dans les Andes péruviennes.

Heinrich Harrer (proche de Himmler et nazi convaincu), prisonnier des Anglais après sa tentative au Nanga Parbat, s'évade plusieurs fois, rejoint le Tibet, y travaille comme traducteur, photographe, enseignant, et se lie d'amitié avec le jeune dalaï-lama.

Anderl Heckmair, lui, disait que quand l'alpinisme ne tue pas, il conserve : il est mort dans son lit à quatre-vingt-dix-huit ans. Après qu'on l'a envoyé se faire tuer sur le front de l'Est (les nazis n'avaient pas confiance dans son adhésion aux idées du parti), il sera muté, grâce à la complicité d'un autre grand grimpeur, et stationné dans une brigade d'*Alpenjäger*, au village d'Entrèves, dans le Val d'Aoste ; c'est là que nous allons le retrouver à l'automne 1944, lors d'une fusillade meurtrière sur la face italienne du mont Blanc.

* *
*

Mon père n'a jamais grimpé, ma mère non plus ; en revanche ils nous ont envoyés, mes frères et moi, en colonie de vacances à la montagne — mixte, la colonie, à une époque où l'on ne mêlait pas les filles aux garçons à l'école. Je me souviens de l'onglée, si douloureuse, qui nous prenait les pouces quand nous enlevions nos gants de laine raidis par le gel et que nous réchauffions nos mains près du feu. Je me souviens de mots disparus : les « longues lanières » pour fixer nos chaussures à nos skis, le *christiania*, geste incongru qui associait « appel et rotation » pour tourner dans la pente ; de manies désuètes comme « sucer un caillou » pour se distraire de l'effort quand la montée semblait interminable ; des histoires de « grandes courses » en montagne que nous racontait le guide Arpin, notre voisin au village de Montroc, que monsieur et madame Bergougnoux, les directeurs de la colonie, avaient l'habitude d'inviter. Il s'asseyait avec nous dans la salle à manger, le visage parcheminé, les paumes comme des raquettes, les doigts noueux, puissants et démesurés. Pour moi, il était vieux et sec. Il racontait volontiers des histoires, avec modestie, et son sourire montrait des dents jaunies, écartées.

Il s'agissait de neige et de rochers, de courses qui démarraient justement là où nous étions, et qui brusquement débouchaient dans des paysages imaginaires faits de grands dangers, de joies et de plaisirs incommensurables… mais aussi d'accidents, de tempêtes imprévisibles et de sauvetages héroïques dont on revenait ou non, ébahis, gelés, épuisés. Nous avions le panorama, il suffisait d'ouvrir les yeux. Avec Arpin, nous parcourions la montagne en paroles, saisissant la roche de nos mains, posant les pieds au-dessus du vide… D'ailleurs, Arpin n'employait pas le mot « vide », qui, pas plus que le mot

« peur », ne faisait partie de son vocabulaire. Il parlait du « gaz » ; « c'est gazeux », disait-il, sans que le gaz l'émeuve plus que ça. Il avait beau raconter, ses histoires ne levaient pas le voile derrière lequel se cachait une réalité qui restait pour moi impénétrable. Le paysage, associé aux détails des récits du guide Arpin, ne suffisait pas à éclaircir le mystère de ses aventures dans ce qu'il appelait « le monde d'en-haut », là où tout était différent et où je me disais, entre autres choses, qu'il fallait faire gaffe à tout.

Dominique et moi ne faisions pas gaffe : nous nous tenions par la main. C'était mal vu, les Bergougnoux nous tenaient à l'œil, des fois qu'on s'embrasse. À la rentrée, Dominique a voulu me présenter à sa mère. « Maman est allemande », avait-elle cru bon de me dire. Elles habitaient avenue Georges-Mandel, dans le XVIe arrondissement de Paris ; l'appartement n'était pas très éclairé, cette fin d'après-midi de janvier. Sa mère m'attendait, assise dans son fauteuil, un plaid sur les genoux, au fond d'un salon tellement grand que j'ai encore à l'esprit le long trajet qu'il m'a fallu parcourir, cependant qu'elle me scrutait, pour lui serrer la main et balbutier des mots inaudibles. J'ai pensé qu'elle paraissait jeune, et comme triste et loin du monde.

Pendant toutes ces années, la figure de Dominique m'est revenue à l'esprit, à de très longs intervalles. À peine connue, jamais oubliée. Je ne me souviens pas précisément de son visage, sinon que son expression était réservée, énigmatique. Sa voix s'est évanouie dans le temps. Sa façon de prononcer mots et phrases, et de considérer les événements minuscules de la vie quotidienne d'une manière qui n'appartenait qu'à elle, m'intriguait et m'attirait comme si elle avait détenu un secret que seules certaines femmes auraient partagé. Je la vois sur une pente qui débouchait sous la forêt où nous apprenions le *christiania*. À notre retour, dans le train, nous étions blottis l'un contre l'autre dans l'expectative de notre séparation imminente. Dominique portait un manteau bleu marine, le col relevé, quand je l'accompagnais avenue Georges-Mandel. Il m'est arrivé par la suite d'arpenter le trottoir, le long des immeubles de son avenue, dans l'espoir de la rencontrer par hasard, comme si j'avais eu affaire dans le quartier, à un moment où elle serait sortie ou rentrée chez elle, et je guettais sa fenêtre. Je n'ai jamais eu cette chance. Et j'ai fini par ne plus courir après l'ombre de Dominique. Je l'oubliais longtemps pour la faire réapparaître chaque fois que, contre toute espérance, je me demandais : Mais qu'est donc devenue cette inconnue du village de Montroc, de l'avenue Georges-Mandel et du train ?

Je ne suis plus retourné avenue Georges-Mandel. En revanche, pendant toutes ces années, je me suis souvent trouvé au village de Montroc, dans le besoin de me sentir là, en ce pays jamais le même, car tout change ici, constamment, selon les heures, les jours et les saisons, la lumière, les ciels, les montagnes à vaches, de tous les verts à tous les jaunes jusqu'aux rouges sombres ; et les sommets, de tous les gris aux blancs illuminés du monde d'en-haut. De me sentir là, dans cette vallée, pourtant toujours la même, d'où il m'est aussi arrivé de fuir, tant elle peut devenir abominable quand le mauvais temps s'abat et s'installe.

Alors, traversant la frontière, je passais à la hauteur de Turin, que je laissais sur ma gauche, et je rejoignais la ville de Cuneo, située à égale distance de la mer et de Turin. Fuyant le mauvais temps de la vallée de l'Arve, je retrouvais souvent la pluie ou la neige sur le massif du Mercantour où mon ami Mario habitait une maison de pierre bâtie sur une prairie en pente, longée d'un torrent aux humeurs changeantes au gré des intempéries. Cet ancien abri qui avait servi de refuge aux bêtes en cas d'orage, Mario l'avait aménagé de façon rustique et confortable. Le mauvais temps s'accorde bien avec la fête ; il invitait ses amis avec lesquels ils formaient une bande enthousiaste et solidaire ; Daniela, Sandra, Marco, Paolo, etc. Aldo, le frère de Mario, s'invitait souvent, on l'appelait « Lo Zio » (L'oncle), je ne sais plus pourquoi, peut-être parce qu'il semblait plus réfléchi que les autres, et qu'on disait qu'il avait de la suite dans les idées. Avec eux, Mario a construit un four à l'ancienne le long de la façade nord de la maison, capable de répandre sa chaleur à l'intérieur et d'accueillir un cochon de bonne taille, qu'ils faisaient rôtir pendant des heures. On buvait, on refaisait le monde et on faisait de la musique. Mario enseignait le violon au conservatoire de la ville de Cuneo, où il a aussi laissé le souvenir du gars qui jouait les mains raides et gelées au retour de ses courses en montagne. Les nuits de fête, Sandra se mettait au piano, Mario au violon, et je venais avec mon saxophone dans lequel je soufflais sans retenue en pensant à Albert Ayler qu'imprudemment je cherchais à imiter. Le free jazz, Mario, ce n'était pas son truc, la musique se trouvait pour lui du côté du violoniste Jascha Heifetz pour qui il ressentait plus que de l'admiration, quelque chose de l'ordre d'un amour mystique… Pour le reste, sa façon de voir, je l'imagine plutôt matérialiste, encore que cet adjectif, matérialiste, ne veuille pas dire grand-chose, je me rappelle sa stature, son grand corps solide et puissant, une sorte de roc à la voix profonde qui me donnait le sentiment d'être à l'abri, quoi qu'il arrive.

Il possédait un enregistrement où Heifetz était accompagné de Gregor Piatigorsky au violoncelle et d'Arthur Rubinstein au piano. Mendelssohn par ces trois-là, il n'y avait pas mieux, souriait-il en prenant le vinyle dans ses mains fortes d'alpiniste. Mario me racontait que Rubinstein, jaloux du virtuose Heifetz, voulait être cité le premier, car « le piano, c'est lui qu'on accompagne… même si tu étais Dieu, avait-il soufflé, tu serais second sur la liste ! », et ça nous plaisait bien cette *eau dans le gaz* entre les trois musiciens.

Finalement, Mario accepta d'électrifier son violon pour nos séances de cacophonie nocturne.

Un jour, une nouvelle idée survint sans que l'on sache comment : il fut décidé que nous allions construire un bateau.

« Un bateau à la montagne, c'est ça ? je dis à Mario, un peu déboussolé.

— Oui, Ferdinand, une fois construit, on le remorquera jusqu'au fleuve, ce bateau sera destiné à naviguer sur le Pô. Il y a des îles au milieu du fleuve, on y pêche du poisson pour la friture, et on y boit du vin blanc de Mantoue dans des caboulots que seuls les gens du fleuve connaissent. On apprendra à naviguer dans le brouillard, et on ira à Venise. Tu te souviens de Mantoue, nous avions descendu en barque le Mincio, un affluent du Pô ; à l'entrée de la ville nous nous étions frayé un passage parmi les roseaux. »

Dans la partie basse du jardin en pente, sous le chalet, nous avons d'abord établi un plan horizontal à coups de pioches et de pelles. Paolo est charpentier, il a dessiné les plans du bateau avec Mario. Petit à petit, des amis de Mario sont venus apporter leur « expertise », qui connaissait le bois, qui savait le ployer, qui avait son idée pour la coque, le pont, le gouvernail, la cabine, il y aurait un moteur, un mât et une voile aussi. Pour la quincaillerie de marine, on verrait ça après la mise à l'eau. Il a bien fallu deux années, en travaillant les samedis, les dimanches. Parfois nous chômions et nous remontions le torrent jusqu'à un bassin naturel, au-dessus de la forêt, ou nous nagions dans l'eau glacée et pêchions des truites. Il y eut une coque avec un pont de belle allure, les amis de Cuneo montaient à la *baïta* (le chalet) pour admirer et commenter le grand bateau qui faisait alors une bonne dizaine de mètres de long, bien ventru, la proue relevée et le fond plat, et qui nous mènerait à Venise. On le baptisa *Piuma nera*, la plume fixée au chapeau des chasseurs alpins, celle qu'avaient portée Maurizio, le père, et ses fils Aldo (Lo Zio) et Mario. Ainsi *Piuma nera*, habillé d'une peinture vert clair et rutilant de vernis, fut remorqué jusqu'à Mantoue. Le plan incliné pour la mise à l'eau se trouvait en amont de la ville, sur le Mincio, parmi les roseaux. Ceux qui avaient participé à la construction sont venus ; le voyage ressemblait à une procession. Au moment de la mise à l'eau par la poupe, chacun se demandait, sans le dire, s'il n'allait pas couler tout simplement — on avait les jetons. Il n'a pas coulé, il flottait, mais il gîtait franchement sur tribord. Nous étions consternés. Rien n'y fit, nous avons tout essayé ; dans la marine, on le sait bien, la gîte au lancement c'est une pure catastrophe : *Piuma nera* retourna à Cuneo pour y être débité en planches.

**
*

Mario a toujours fréquenté la montagne, c'est son domaine, il s'y sent bien. Le froid ne le surprend pas, il l'accepte ; s'il en voit un qui s'agite pour se réchauffer, il lui passe sa veste, comme on partage un morceau de saucisson quand c'est le dernier. Charlotte était encore petite, elle avait les mains glacées, il lui avait pris la main droite dans sa main gauche, et puis ils ont changé de côté sur le sentier, il lui a pris la main gauche dans sa main droite, ça va mieux, lui a-t-elle dit, levant les yeux vers lui. Le père, Maurizio, semblait tout aussi insensible au froid. Un jour qu'il était parti en montagne avec Massimo, son neveu, un jeune homme à l'air bien solide, âgé d'environ dix-sept ans, ils furent pris par l'orage. Massimo crevait de froid avec la surprise d'une neige de printemps, à petits flocons serrés poussés par un vent rageur. Il leur a fallu attendre que ça passe. Maurizio lui a donné sa veste, il était déjà vieux et n'avait plus que sa chemise sur le dos. Avec l'accalmie, il l'a aidé à descendre. Il disait qu'en montagne, les jeunes résistent moins bien que les vieux… à cause de l'expérience, peut-être.

Me revient à l'esprit Aldo (Lo Zio), fort montagnard qui a fait sa vie chez les chasseurs alpins. Aldo m'avait raconté cette autre histoire, celle du gars à qui il avait « donné sa veste ». Tout avait semblé dépendre de ce moment où il a dit : « On va passer la nuit ici. » Il a dégagé une petite vire avec son piolet pour que l'homme et lui puissent attendre, assis, que l'orage se calme, et qu'on y voie clair pour reprendre la descente. L'homme frissonnait, Aldo lui a passé sa veste. Au petit matin, ni le vent, ni la bourrasque, ni le brouillard ne s'étaient levés. Alors Aldo a installé un rappel sur un bec rocheux, il a arrimé l'homme à la corde, de façon qu'il n'ait plus qu'à se laisser descendre quand lui-même, Aldo, aurait rejoint le relais une trentaine de mètres plus bas. Aldo lui a envoyé un signal en donnant un coup sec sur la corde pour qu'il démarre sa descente, ce que l'homme a fait sans broncher, et il a vu la silhouette descendre au-dessus de lui, d'abord très lentement, puis de plus en plus vite, l'obligeant à le freiner en maintenant la corde en tension ; il a tendu les bras pour l'accueillir — à ce moment du récit, Aldo fait le geste de lever les bras en les arrondissant — et l'homme est venu s'y éteindre dans un soupir.

« Il est mort d'épuisement ? de froid ? d'angoisse ?

— On peut mourir d'angoisse ? souffle Aldo avec sa façon calme de poser la voix.

— L'angoisse, ça bouffe l'énergie… Vaut mieux parfois se casser la jambe plutôt que d'éprouver certaines angoisses vraiment mortelles (je pensais, à part moi, à certaines maladies mentales qui provoquent des angoisses atroces, "le pire de la souffrance", m'avait dit un ami qui était passé par là).

— On a besoin d'être calme en montagne, me dit Aldo. Il ne faut renoncer à rien, surtout pas au plaisir d'être là, même si tu as froid. Même la fatigue, il faut profiter du plaisir qu'elle te donne.

— Il est mort de quoi ? »

Aldo pose la main sur son cœur.

« *Un infarto,* a dit le médecin légiste.

— Quand tu as décidé que vous passeriez la nuit sur cette petite vire, c'est là que tout a basculé, non ?

— Oui. J'ai cru qu'on aurait une éclaircie avec le jour, c'était une sacrée *bourrrasque.* »

Aldo se tait un moment. Puis ajoute : « Peut-être que cet homme n'était pas aussi fort que je le croyais.

— Facile à dire après coup, je lui dis pour mettre un peu de sérénité dans la conversation, et je revois son geste d'embrasser l'homme en l'accueillant dans ses bras levés.

— Avec la montagne, on finit toujours par raconter des histoires tristes et moches, c'est vraiment con (il prononce *cong*). Quand je suis là-haut, j'éprouve un immense plaisir... » Et d'ajouter : « Faut dire qu'à l'époque on n'avait pas la météo. »

* *
*

Une des premières incursions que j'ai faites dans le monde d'en haut — je crois qu'il s'agit de la toute première —, ce fut avec Mario dans le massif du Mercantour : nous avons rejoint le sommet de l'Argentera par l'arête Sigismondi.

Mario m'a dit : « Tu verras, ce n'est pas difficile, il y a des prises partout, mais c'est un peu long, ça nous prendra la journée… Il y a longtemps que je voulais la faire, cette course ; c'est une première pour moi aussi. D'ailleurs, il y a deux échappatoires, nous pourrons toujours fuir… » Je retrouve aujourd'hui le topo de l'escalade, où il est écrit : « Activité : rocher, haute montagne. Cotation AD (assez difficile). Orientation : SW. Premier parcours : 24 juin 1908, V. Sigismondi. »

Je remarque que, comme me l'avait dit Mario à l'époque, on signale deux échappatoires, d'où il est possible de quitter l'arête pour trouver un sentier au moyen d'une descente en rappel de deux fois trente mètres. Nous avons passé une bonne douzaine d'heures sur cette arête, Mario faisait son travail de premier de cordée dans une sorte de routine scrupuleuse : vérification de l'encordement à la taille, nœud de huit ou queue de vache, recherche de becquets autour desquels passer la corde ou un anneau… Lorsqu'il arrivait à bout de corde, je forçais ma voix « deux mètres, un mètre » pour qu'il prenne le temps de trouver un endroit confortable où s'arrimer à la paroi (on dit *se vacher*), et me faire venir, sans que j'oublie de ramasser le matériel — anneaux et mousquetons. Au relais, même chose, Mario vérifiait que je l'assurais attentivement, au lieu de rêvasser pendant qu'il grimpait, dès qu'il sentait la corde molle ou trop tendue : *Stai attento, porca miseria* (fais gaffe, bordel), disait-il, sans élever la voix. Il répétait les manœuvres de corde comme pour un cérémonial où chaque geste doit être reproduit avec le même soin sans omettre le moindre détail. Ça le mettait de bonne humeur, cette routine. Il prenait son temps et prétendait que « l'automatisme est le maître de la situation ». Ce à quoi je ne répondais rien, trop occupé à me sentir crevé. Plus que l'effort physique, c'est la présence du « gaz » que j'avais sous les pieds qui m'épuisait. J'avais l'impression que, en revanche, le « gaz » sous les pieds de Mario, c'est ce qui faisait qu'il se sentait bien, tout à fait dans son élément. M'étant persuadé d'être arrivé au bout de mes forces, je lui demandai de repérer l'une ou l'autre des échappatoires signalées sur le topo que nous avions consulté la veille. Il ne trouva ni la première ni la seconde… et nous débouchâmes au sommet, plutôt fiers, alors qu'un soleil rouge vif allumait déjà l'horizon.

Juste avant de sortir — on dit « sortir », quand le sommet est à votre portée —, je me trouvai nez à nez avec un chamois, qui avait entendu nos voix et était venu voir, m'étais-je dit, me demandant tout de même par où il avait bien pu passer pour déboucher là, suspendu au-dessus de ma tête. Aujourd'hui encore, je me souviens de son regard — yeux globuleux et sombres, humides et peu mobiles — dans lequel je voulus distinguer un signe de sa compassion envers ma situation qui, sur le moment, me paraissait peu enviable, à cheval sur l'arête.

Par la suite, quand Mario me rendait visite à Paris, en souvenir de notre « grande course » sur la voie Sigismondi, nous avions pris l'habitude de quitter mon logement, situé au troisième étage, en rappel. Pour ça, nous faisions exactement comme Pierre Sogol, le conquérant du *Mont Analogue* : nous fixions la corde sur le balcon, passions les deux brins entre nos jambes, autour de la cuisse droite, obliquement sur la poitrine, derrière le col et par-dessus l'épaule droite ; on saisissait le brin supérieur de la main gauche et le brin pendant de la droite, cependant qu'à la descente on se tenait à distance du mur avec les pieds, jambes écartées.

Notre « grande ascension » remonte désormais à une quarantaine d'années. Aujourd'hui, si je retrouve la sensation du plaisir de grimper, celle d'une fatigue qui nous amena bien au-delà du plaisir, et le sentiment de confiance absolue dans les qualités de guide de Mario, bien qu'il ne fût pas guide mais alpiniste jusqu'au fond de l'âme, je me rends compte que je n'ai aucun souvenir de l'arête que nous avons parcourue une journée entière, de cinq heures du matin à la tombée de la nuit. Ainsi, arrivés au refuge *Remondino* la veille au soir, partis très tôt pour nous trouver au pied de la voie avant que la nature ne se réveille, nous n'avons pas eu l'occasion d'admirer l'arête, sa découpe dans le ciel, ses dentelles, puisque nous étions déjà dans la voie au point du jour. Nous ne l'avons pas vue non plus le soir quand nous sommes descendus par la « voie normale », bien raide au niveau du col, car il faisait nuit : même un rayon de lune ne nous aurait pas fait lever la tête, tellement nous étions envahis par le désir d'en finir.

Mario n'est plus de ce monde aujourd'hui. Maintenant que j'écris ces lignes, j'imagine que nous aurions pu refaire l'escalade de la voie Sigismondi, lui et moi… mais devant une bière, peut-être assis sur le terre-plein face au *Remondino.* J'aurais aimé qu'il me raconte comment il a vécu cette journée, sa version des choses en quelque sorte. S'en souvient-il comme d'une belle journée tranquille ? S'il a vu, lui aussi, le chamois aux yeux humides ? Et les deux promeneurs sur le sentier au-dessous de nous, alors que le soleil baissait déjà à l'horizon. Nous leur avons demandé de donner l'alerte si, par hasard, nous n'avions pas atteint le refuge avant vingt heures ; et ces deux cons n'ont rien dit quand ils sont passés devant le *Remondino* pour prendre le chemin de la vallée. Un oubli, la pensée qui divague ? Mario m'aurait répondu : « *Saranno genovesi, sono sempre loro che fanno cazzate in montagna* » (Des Génois, sûrement ; ce sont toujours eux qui font des conneries en montagne). Il en avait contre les Génois, toutes les occasions étaient bonnes pour se moquer des gens de la mer qui se prennent pour des alpinistes. Je lui aurais aussi demandé, à Mario, si malgré mon inexpérience, il avait gardé confiance en moi tout au long du parcours, bien que je lui aie suggéré de fuir par l'une des échappatoires, et qu'il m'ait dit non, que la corde était trop courte. Je lui aurais demandé si c'était vrai que la corde était trop courte, ou s'il avait menti pour qu'on la fasse comme il fallait, cette course, et qu'on ne s'arrête pas en route, avec le goût amer que ça aurait causé... Et pour qu'elle nous laisse ce souvenir inoubliable.

Malgré les années, l'éloignement et les rencontres qui se faisaient rares, nous reprenions la conversation comme si elle avait, jusque-là, suivi son propre chemin, sans qu'il soit besoin de raconter ou d'expliquer. Il arrivait que, Mario à peine débarqué en ville, je prenne ma corde, et sans que nous échangions un mot, nous sortions par la fenêtre. Nous nous rendions parfois chez sa fille Marina. Ils prenaient leurs violons, nous buvions des coups, nous étions ensemble et nous n'avions pas besoin de refaire le monde. Nous rentrions pompettes et prenions l'ascenseur.

Un soir, comme souvent le soir, Mario est sorti après le dîner pour respirer la fraîcheur et marcher sur le chemin qui longe la rivière. Il s'est assis sur le remblai, le dos contre un arbre, et il a cessé de vivre sans que son corps bascule ; la nuit était bien avancée quand sa femme Daniela et sa fille Marina, parcourant vivement son itinéraire habituel, l'ont découvert là, définitivement immobile.

Mario allait manquer maintenant.

J'ai eu envie d'aller à la rencontre de « ce souvenir inoubliable », l'ascension de l'arrête S ; sans doute aussi de retrouver l'instant magique où tout à coup je me suis senti *bien*. Jusqu'à ma rencontre avec le chamois aux yeux tendres, l'angoisse m'avait fait battre le cœur trop vite. Et puis, je me souviens de cette sensation de griserie joyeuse et sereine qui m'a surpris lorsque la bête a disparu.

**
*

J'envoie un message à Aldo, le frère de Mario, que j'ai perdu de vue depuis près d'un demi-siècle :

« … J'avais grimpé l'Argentera avec Mario, j'aimerais retourner là-haut, je peux t'appeler ? »

« Nous partirons de Cuneo où je veux te montrer quelque chose, répond-il… le musée de la *Ritirata*… que j'ai construit dans l'ancienne gare, en souvenir de notre père, Maurizio ; et je te conduirai au refuge du Remondino. »

Nous prenons rendez-vous à l'automne, alors que l'été n'est pas encore là.

**
*

Le mois de juin est un bon moment pour revenir dans la vallée de l'Arve. Il y a encore de la neige en altitude et la moyenne montagne se réveille pour de bon, les rhododendrons donnent le signal en mauve et en rouge. Il y avait aussi cette réunion à laquelle je voulais assister.

Je me suis trouvé à écouter *des histoires de gaz*, assis dans la salle de conférences de l'hôtel *Majestic* à Chamonix. La soirée est dédiée à la présentation d'un livre publié à l'occasion des deux cents ans de la Compagnie des guides.

Le *Majestic*, un grand bâtiment de style savoyard, aux volets verts et au large perron, se dresse au centre de la ville. Il est le témoin d'un siècle d'histoire. Lorsqu'on parle du *Majestic*, il me vient à l'esprit une photo, prise à la Libération, que j'ai eue en main : des véhicules, voitures et camions, frappés du sigle FFI, à la queue leu leu, tournent autour du bâtiment, sans doute pour laisser croire qu'ils avaient été très nombreux.

La salle de conférence est pleine, quelques enfants et autant de grands-parents forment la majorité du public ; des montagnards, d'anciens guides, des citadins sont venus là pour entendre des histoires de montagne ; avec nostalgie, pour ceux que l'âge a éloignés des pentes. Une femme rejoint des amis dans la salle, les gens se lèvent dans la travée pour l'aider à passer ; ils la saluent. Je la suis du regard, peut-être sa légère boiterie a-t-elle attiré mon attention ; elle tient une canne d'une main solide et semble agile malgré tout, le corps délié. Elle s'assoit près d'un homme au crâne dégarni dont je remarque la carrure, les mains cagneuses de grimpeur, le visage émacié barré d'un grand nez aplati, et les yeux bleus d'acier. Elle sourit à ses amis, se penche vers son voisin, échange quelques mots, contente d'être là, dirait-on. J'ai du mal à deviner son âge, son visage paraît lisse, les pommettes saillantes… Avec quelque chose qui me semble familier dans ses gestes ou dans sa façon de se faire remarquer sans être vraiment là. Je la vois de trois quarts, cheveux en chignon, et plusieurs fois dans la soirée mon regard se tourne vers elle. J'ai l'impression qu'elle a ses habitudes dans la vallée mais qu'elle n'est pas d'ici ; peut-être son manteau couleur sable et son écharpe relevée haut sur la nuque…

Sur la scène, des guides de haute montagne, des hommes et des femmes ; ils sont assis en demi-cercle. Sophie parle du plaisir de grimper « en amateur », entre amis, avec un compagnon ou une compagne, quand on se connaît bien. Il y a de la responsabilité et de la confiance, mais, poursuit-elle, ce n'est pas la même chose lorsqu'on emmène un client : il y a de la confiance, elle est réciproque, pas seulement la confiance du client pour son guide, mais aussi celle du guide en son client, c'est nécessaire, dit-elle. Ce n'est pas pareil quand on grimpe en amateur. En amateur, la joie est différente, la confiance et la responsabilité prennent une autre couleur, plus libre, plus, comment dire… détendue, dit-elle en riant. Et pourtant tout aussi rigoureuse, ajoute-t-elle après un silence.

Ça ronronne au début, c'est bien, mais ça déroule un peu son câble, cette présentation, je me dis, comme lorsqu'un préjugé vient s'inviter dans votre esprit et qu'il y installe un peu de brouillard. Et puis j'entends une phrase qui me réveille :

« J'étais fatigué dans le Linceul[1]. »

Christophe a pris la parole. Juste avant, il avait dit :

« J'avais enchaîné la face nord des Droites, et j'attaquais les Grandes Jorasses. Je posais la tête sur la glace et fermais les yeux pour me donner l'illusion de prendre un peu de sommeil ; et je me suis inventé un double. Un autre Christophe qui grimpait à côté de moi, c'est en lui que j'avais placé ma confiance. On grimpait tous les deux et je me suis senti fort. Avec cet autre Christophe que je me suis inventé, mon corps... »

Il hésite et dit : « Mon corps s'est mis en adéquation avec la montagne. »

Assis sur l'estrade, Christophe est un homme grisonnant, cheveux courts, grand mais pas plus, bien carré et souple à la fois ; sa robustesse est mâtinée d'une étrange fragilité. À vingt ans, il a grimpé la face ouest de l'aiguille des Drus, seul, en quelques heures. Il avait laissé ses chaussures de montagne dans un creux de rocher, mis ses chaussons d'escalade et attaqué l'ascension en tee-shirt, il faisait beau... Au sommet, un hélicoptère est venu le prendre. Quand on la voit, la face, mille mètres de hauteur qui semblent à peu près lisses, on a du mal à imaginer que ce soit possible. Et puis, toute sa jeunesse, il a enchaîné les courses les plus hallucinantes, souvent seul, l'hiver, des faces nord aussi, là où le soleil n'apparaît

1 Paroi de glace presque verticale, d'environ mille mètres de haut ; une des trois parties de la face nord des Grandes Jorasses.

jamais, où les oiseaux ne s'aventurent pas, où la vie semble avoir déserté les lieux.

En regardant ces hommes et ces femmes sur l'estrade, souriants et chaleureux, qui voudraient faire passer à un public qui en connaît déjà un morceau la joie immense qu'ils éprouvent à aller là-haut, je me demande, alors que la conversation se poursuit sur un ton léger, ce que ça veut dire, grimper, seul, l'hiver, une face nord, puisqu'ils en parlent, qui plus est, pour la première fois :

« Comment voudrait-on… faire les premiers pas vers cette face, à la fin d'un après-midi d'un hiver bien glacial, à pied ou à ski, accompagné d'un ami lui aussi chargé d'un sac très lourd, rempli de pitons, coinceurs, autres engins, cordes, et qui, arrivé au pied de la muraille, fera demi-tour, non sans avoir redit, comme un au revoir, les signaux qu'on s'enverrait de la paroi au refuge, et retour ? Qui voudrait installer un premier bivouac, alors que la lumière a déjà décliné, par vingt, trente degrés au-dessous de zéro, sommeiller un peu, seul, en attendant le lever d'un jour sans soleil, se dérouiller les jambes, chauffer ses mains raidies, fondre la neige sur le réchaud, fixer la corde à son baudrier et au gros sac chargé de matériel, qu'il faudra tirer au bout de chaque longueur, entamer la première longueur d'une ascension qu'aucun jusqu'alors n'a jamais réussie ? »

Je pense au gros sac de Walter Bonatti. Bien avant l'époque où a lieu ce récit, Bonatti s'apprête à l'ascension solitaire de l'aiguille des Drus. Pour ce faire, lui aussi aidé d'un ami, il a monté un gros sac (peut-être s'agit-il du même *gros sac* dont nous parlions précédemment lorsqu'il s'attaquait à la face nord du Cervin) jusqu'à la hauteur du refuge de la Charpoua ; ils ont traversé le glacier qui est en très mauvaise condition, dit-il, et déposé ce *gros sac,* chargé de matériel, dans un creux de rocher : c'est la fin de la journée, son ami descend dans la vallée, ils se saluent. Walter retraverse le glacier en direction du refuge ; le lendemain, il descendra, en cinq rappels, les Flammes de pierre, avec son matériel, pour se trouver au pied de la voie et entamer son ascension. Il est seul, maintenant, sur le glacier, et se demande ce qu'il fait là alors que son ami va passer la nuit dans la vallée ; pourquoi se croit-il investi de pareilles nécessités, pourquoi doit-il s'imposer ces risques, ces engagements et ces souffrances, se dit-il, envahi par une soudaine détresse. Ça ne lui ressemble pas, ce creux de la vague, car il est fort, Walter, il est fort, mais il est sombre, ce soir, *putana miseria, che cazzo sto facendo ancora una volta (putain de merde, qu'est-ce que je suis venu faire encore),* il se dit, regardant où il met les pieds sur cette glace crevassée. Tout à coup, quelque chose d'étrange attire son attention, quelque chose que l'on ne voit jamais sur un glacier : un papillon noir tacheté de figures blanches, symétriques et translucides comme du verre. L'insecte, visiblement engourdi par le froid et l'altitude, se laisse prendre dans ses paumes et se réveille dans leur chaleur. Un courant ascendant a dû l'emporter de la prairie jusqu'à ces hauteurs. Courbé sur ce vivant fragile et précieux, Walter traverse le glacier de bonne humeur, pousse la porte de la Charpoua, un refuge grand comme une chambre, suspendu dans la montagne, trouve sa chaleur et libère l'animal pour sa courte vie.

Si je me souviens bien, je tiens cette anecdote d'un récit de Walter Benjamin, d'où les deux Walter, Bonatti et Benjamin… Mais je ne me rappelle pas quel était le rôle de Benjamin dans cet épisode. Quoi qu'il en soit : Dunkerque, des régiments alliés sont massés sur la plage dans l'espoir de fuir vers l'Angleterre. À l'approche d'un Stuka venu mitrailler les troupes, tout le monde se couche dans la terreur, la plage est couverte d'un tapis de soldats. Tout le monde, sauf un homme toujours debout, courbé sur ses paumes ; il a recueilli une souris, peut-être qu'elle était terrifiée, cette souris, en tous cas il la protège de ses mains ; mieux, il la rassure, et il engage son corps pour ce faire, s'absentant de tout le reste…

Je reviens à Christophe, solidement assis sur l'estrade, les épaules carrées.

Marin est venu occuper une chaise libre près de moi. Il en a fini avec le métier de guide depuis son ascension des Courtes, il y a bien longtemps, avec son client américain qu'il trouvait lent, et la cordée au-dessus d'eux qui leur envoyait des projectiles de glace sur la tête. Il va en montagne pour son seul plaisir et collectionne tout ce qui pourrait alimenter la mémoire de la vallée et satisfaire sa curiosité. Il me tend son téléphone pour me montrer une photo : son ami Bernard de dos. Bernard est glaciologue, je le reconnais à sa carrure, à sa grande taille ; il est à skis et monte une grosse bosse neigeuse. Devant lui, une trace, des pas minuscules, un animal pas bien gros qui semble savoir où il va, et que je devine pressé ; visiblement le skieur la suit.

« C'est quoi cette trace ? je dis, m'adressant à Marin, l'auteur de la photo, qui lui-même suivait Bernard sur le glacier d'Argentière, à la recherche d'un point de carottage pour mesurer l'épaisseur de neige tombée en hiver.

— Une belette, une fouine…

— Il suit la trace ?

— Oui, ces bêtes-là ne t'emmènent jamais au fond d'une crevasse.

— Ah !

— Tandis que la trace d'un skieur, si tu la suis en toute confiance, elle peut te réserver la sale surprise de le rejoindre dans une cathédrale de glace…

— Qu'est-ce qu'il fait là, cet animal, à circuler sur un glacier ?

— Il y a de la vie sous la neige. Près des blocs de la moraine, la température ne varie pas beaucoup… Des rongeurs, de petites proies, il y a du monde, larves, débris, insectes, que sais-je, des scarabées… ça pullule là-dessous. »

Sur l'estrade, Christophe n'en rajoute pas, il parle bas et semble peser ses mots. Il ne raconte pas d'aventures, ni

d'exploits ; il parle des yeux de Pierre, de leurs silences, de ce qu'ils ont bien fait de ne pas dire, de comment un mot, une expression du corps ou du visage peut tout foutre par terre ; de l'expérience qui vous arrête ou qui vous engage, de la solitude nécessaire. Il dit : « Décider dans sa bulle, convoquer sa part animale, n'avoir plus à faire qu'à elle, marcher comme une bête et s'alléger de son propre poids ; loin de toute civilisation, et se sentir fort comme jamais. »

Tout à coup, je me souviens qu'il y a bien des années, j'avais *pris un guide* pour aller grimper au soleil sur des rochers faciles dans le massif des Aiguilles rouges. La jeune femme qui prenait les rendez-vous à la Compagnie m'avait dit : « Il y a Christophe qui est libre demain. »

Je ne le connaissais pas ni n'avais entendu parler de lui. Après une marche dans la forêt sous l'œil de bouquetins habitués à voir passer des promeneurs, nous nous sommes retrouvés sur les belles dalles de gneiss, couleur brique, des Chéserys, que l'on grimpe en adhérence, parfaites pour l'éternel débutant que je suis. Au printemps, les voies de grimpe s'élèvent dans les senteurs de la forêt de mélèzes et les couleurs rouge sombre des rhododendrons nains en fleurs. Christophe n'a rien laissé paraître de sa renommée, et semblait content de me faire passer un bon moment.

C'est bien lui qui est assis ce soir sur l'estrade. Il parle d'une voix posée :

« En montagne, là-haut, il est parfois nécessaire de se sentir invincible. Ça ne pourrait pas être autrement, sinon… »

Lui aussi, comme Sophie tout à l'heure, parle de confiance — dans le compagnon de cordée, du client dans son guide, mais aussi du guide dans son client. Aux Grandes Jorasses, cette confiance, il l'avait reportée sur le double qu'il s'était inventé pour l'occasion.

« Au K2 avec Pierre… », dit-il.

La montagne sauvage porte un nom au son coupant : K2. Squelette d'un nom de roche, de glace, de tempête et d'abîme ; deuxième sommet du monde, le plus difficile, le plus dangereux. Difficile et dangereux ! Que veulent dire ces mots-là pour moi et bien d'autres qui se sont si peu élevés au-dessus du plancher des vaches ? Le froid, le vent, le grésil, la pente, la neige, l'immensité, les plaques à vent, l'oxygène rare, la solitude, le doute, la détermination sont des mots qui restent à distance tant qu'ils ne sont pas venus ensemble, et que l'on n'en a pas eu l'usage.

Aleister Crowley prétend avoir découvert la voie normale de l'ascension au K2 en 1902 grâce à son « remarquable sens de l'orientation » ; la légende veut qu'il ait menacé un de ses compagnons avec un révolver pour le ramener vers la bonne route, celle qui deviendra l'éperon des Abruzzes et qu'emprunteront les vainqueurs du sommet un demi-siècle plus tard. Faut dire qu'il était cinglé, Crowley ; quand ça le prenait, Il n'hésitait pas à *corriger* un porteur d'altitude à grands coups de fouet devant ses compagnons résignés. Il a vingt-six ans quand, progressant sur le glacier du Baltoro, il voit pour la première fois le K2, « énorme diamant impur et mal taillé, faisant peur et pourtant plaisir à voir ».

Vingt-trois ans, c'est l'âge de Walter Bonatti — le même homme qui, bien des années plus tard, prendra dans ses paumes un papillon noir et blanc sur le glacier de la Charpoua —, le benjamin de l'expédition, quand il entreprend le K2, cinquante-deux ans après Crowley, avec la cordée italienne victorieuse. Walter n'a menacé personne avec un révolver à leur retour au camp de base ; il aurait eu pourtant une raison pour le faire, s'il avait eu de quoi brandir, et c'eût été une belle scène de western en haute montagne, me dis-je alors que Christophe est interrompu par une question dans la salle.

La scène du crime a lieu — une nuit entière, sans abri — dans ce qu'on appelle la « zone de la mort », à une altitude de huit mille cents mètres où l'air est rare et l'oxygène manque ; sur une pente glacée, raide ; par une tempête de vent, de grésil, et un froid mortel.

L'arme du crime : six cylindres d'oxygène, soit deux fardeaux de dix-neuf kilos que l'on demande à Bonatti d'aller prendre deux cents mètres plus bas, comme s'il s'agissait d'aller faire des courses chez le boulanger au coin de la rue.

Ce qu'il faut savoir, si l'on n'a pas l'habitude de se rendre à pied à huit mille mètres au-dessus du niveau de la mer, c'est que, pour respirer l'oxygène contenu dans les bouteilles, il est nécessaire de les raccorder aux embouts, et ceux-ci aux masques ; sans embout ni masque, les cylindres d'oxygène ne servent à rien.

La question : comment et quand les masques ont-ils pris leur place dans les sacs des deux ascensionnistes ?

Le dénouement du procès : cinquante ans plus tard.

Après soixante-dix jours de présence sur les pentes, et quatre tentatives, le sommet, à plus de cinq cents mètres au-dessus du point où ils se sont rendus, semble maintenant à la portée d'Achille Compagnoni et de Lino Lacedelli.

À la tête de l'expédition règne un petit homme à l'allure débonnaire, le comte Ardito Desio, moins alpiniste qu'explorateur, géographe et professeur. Il n'est pas allé plus loin que le camp de base, d'où il a dirigé la progression des grimpeurs et d'un très grand nombre de porteurs d'altitude, en envoyant quantité d'ordres de service dactylographiés qui étaient ensuite transmis (souvent avec un retard considérable) aux camps les plus élevés. Avant même que l'expédition ne s'ébranle, Desio avait pris la précaution d'exclure le grand alpiniste Riccardo Cassin, de crainte que cet homme à la forte personnalité ne conteste son autorité et diminue son prestige en cas de succès. Dès les contreforts de la montagne, Desio désigne, dans un accord secret, ceux qui seront destinés à atteindre le sommet : Compagnoni et Rey ; toutefois, lorsqu'il atteindra le camp VII, Rey, saisi par le mal des montagnes, devra abandonner. Ce sera Lino Lacedelli, un homme puissant, guide de montagne un peu frustre, et membre du groupe des Écureuils de Cortina, qui ira au sommet si Dieu le veut, ordonne le *ducetto* Ardito Desio… Et non Walter Bonatti qui, malgré son jeune âge, est déjà considéré comme l'un des plus grands alpinistes du moment. Le précautionneux Desio préfère tenir Walter à bout de lance : l'enjeu est immense, comme Compagnoni et Lacedelli, Desio veut le sommet à tout prix.

Le prénom de Lacedelli, Lino, vient d'*angelino*, « petit ange », en contraste avec son allure où tout respire la force ; il est grand et brutal, résistant à tout et étranger à quelque commisération que ce soit.

Quant à Achille Compagnoni, ses parents avaient cédé à la mode antiquisante qui a précédé la venue du fascisme en Italie : tout à coup des enfants ont été prénommés Ulisse (Ulysse), Giasone (Jason), Penelope (Pénélope), Ermes, Ermete (Hermès) ; plus rare, Atena (Athéna), Roma, etc.

Pour accomplir la tragédie du K2, il manque Ettore (Hector), à qui Achille avait planté sa lance derrière la clavicule : ici, Hector pourrait s'appeler Walter.

Zeus consent à mettre sur la même ligne les méchants et les bons, ceux dont l'âme se tourne vers la justice et ceux qui obéissent à l'iniquité, se livrent à la violence.

Walter a les moyens d'aller au sommet, pensent-ils; ils n'ont pas tort, aussi le soupçonnent-ils d'en avoir le projet. Les cylindres d'oxygène ont été abandonnés plus bas, au pied d'un mur de glace de deux cents mètres — c'est un effort énorme de porter ces charges à cette altitude et dans cette difficulté. Compagnoni et Lacedelli en ont besoin s'ils veulent tenter le sommet le surlendemain. Il est décidé que Bonatti et l'ingénieur Gallotti descendront prendre l'oxygène. Pino Gallotti est responsable du matériel technique; il connaît parfaitement le fonctionnement des bouteilles d'oxygène. S'il était vivant aujourd'hui, je lui poserais la question : à quel moment les masques à oxygène ont-ils migré secrètement dans les sacs des deux futurs vainqueurs; qui a pris cette décision ? Pendant que Gallotti et Bonatti désescaladent la pente pour récupérer les bonbonnes, Lacedelli et Compagnoni établissent le dernier camp (le IX) avant l'assaut. À la montée, ils sont trois à se relayer pour porter les cylindres; dans l'après-midi, Erich Abram, fameux grimpeur lui aussi, sentant ses pieds geler, abandonne et fait demi-tour. Bonatti, accompagné d'Amir Mahdi, porteur et alpiniste hunza connu pour sa force et sa résistance, parvient à la hauteur du camp IX, à la nuit tombée... et là, personne! Ils appellent, ils crient, Bonatti lance des injures, menace de dénoncer les deux hommes de tête... Silence...

Tout à coup, un rayon de lumière surgit au-dessus d'eux, Compagnoni et Lacedelli ont installé leur tente plus haut que prévu, sur un ressaut, au-delà d'une traversée périlleuse. Ils se parlent, Lacedelli et les deux porteurs d'oxygène : bref et hallucinant dialogue, dont on peut dire qu'il appartient solidement à l'histoire du K2[2].

« Mais pourquoi ne vous êtes-vous pas montrés avant ? enrage Bonatti.

— Tu ne crois pas qu'on va rester dehors toute la nuit à se geler pour toi. Tu as l'oxygène ? le nargue Lacedelli.

— Oui.

— Laisse-le et redescends.

— Nous ne pouvons pas. Moi je pourrais m'arranger, mais Mahdi non, il ne se contrôle plus. »

À ce moment-là, Mahdi, comme hypnotisé par la lumière, a commencé à traverser dans leur direction en hurlant :

« No good Compagnoni Sab, no good Lacedelli Sab. »

Le pauvre, c'est tout ce qu'il savait dire. Et il s'est gelé les pieds et les mains…

Ensuite la lumière s'éteint. Je m'attendais à ce qu'il mette les crampons et vienne nous aider, dit Bonatti. Mais rien. Nous avons encore hurlé, nous les avons maudits, lâchant tout ce que nous avions sur la langue, mais ils ne se sont plus montrés. Si nous sommes vivants aujourd'hui, nous ne le devons qu'à nous-mêmes.

2 Dans *La Folie Du K2*, Charlie Buffet raconte cette histoire policière par le menu.

Nuit hallucinante passée avec Mahdi, fou d'angoisse et de douleur, assis l'un contre l'autre sur une minuscule banquette creusée dans la glace à coups de piolet.

Comment se fait-il que Lacedelli, l'inusable salaud, comme l'autre, bien réveillé, n'ait pas chaussé ses crampons pour les aider à les rejoindre dans leur tente ? Par la suite, quand ils devront s'expliquer, ils prétendront qu'elle était trop petite, la tente, pour quatre, alors que le surlendemain une tente de même taille en accueillera cinq, entassés, à la descente. Personne ne peut se mettre à leur place, aux deux rescapés dont l'énergie est entièrement dévolue à la survie ; mais comment imaginer que Bonatti n'ait pas compris qu'il n'était pas question qu'il passe la nuit dans la tente, et qu'il soit prêt le lendemain pour l'assaut... avec ou sans l'oxygène. *No good sab, Compagnoni... Lacedelli.* Il a raison, Mahdi.

Aux premières lueurs du jour, Walter Bonatti amorce la descente en soutenant Mahdi du mieux qu'il peut ; cependant qu'Achille Compagnoni et Lino Lacedelli gagnent le sommet. L'Italie fête la grande première. Les noms des deux vainqueurs ne seront dévoilés que quelques mois plus tard, tant il semble important que toute l'expédition, ou du moins les onze grimpeurs, soit associée à cet exploit. Bonatti se tait durant sept ans et finit par raconter l'histoire dans son beau livre, *À mes montagnes.* L'Italie est prise à témoin.

Pour se défendre Compagnoni et Lacedelli s'étaient accrochés à deux arguments :

Bonatti et Mahdi auraient « sucé » l'oxygène lors de leur ascension au camp IX. Et s'ils ont monté des bouteilles vides ou presque vides au sommet du K2, c'est pour prouver qu'ils y sont allés.

Nous le savons maintenant : Bonatti n'était pas en possession des embouts et des masques qui permettent de respirer l'oxygène à partir des bouteilles — ceux-ci avaient déjà mystérieusement migré dans les sacs des deux ascensionnistes.

Quant à monter là-haut des poids supplémentaires juste pour prouver qu'on a fait ce qu'on a dit, au risque d'y laisser sa peau…

La preuve tarde à venir ; elle vient cependant sous la forme de deux photographies qui n'avaient pas été publiées et que découvre un chirurgien passionné de récits d'alpinisme, Robert Marshal ; ils sont au sommet du K2 : sur l'une, Compagnoni porte un masque à oxygène, un cylindre d'oxygène posé sur la neige près de sa jambe ; sur l'autre, le masque est posé à terre au pied de Lacedelli.

« Derrière ce faux historique, un homicide raté », a dit Walter Bonatti, le grand alpiniste.

Retournons au *Majestic*, Christophe avait dit : « Au K2 avec Pierre… » Il s'agissait de leur ascension. Pierre et lui au K2, trente-sept ans après les Italiens ; cette fois par une voie nouvelle : l'arrête nord-ouest, à l'évidence bien plus difficile que l'éperon sud-est des Italiens, devenu entre-temps la voie dite normale pour le K2. Là aussi, pour des gens comme nous il est impossible d'imaginer de quelle réalité il s'agit, et ce « bien plus difficile » n'a de sens que pour ceux qui ont éprouvé cette passion et ce goût pour l'altitude.

Christophe se tait quelques instants et reprend : « La confiance avec Pierre… Il y a une part de mystère, je la garde pour moi. Il était tard, on savait que si on y allait, on descendrait à la nuit. Il s'en est fallu d'un cheveu qu'il nous échappe, ce sommet. On s'est regardés dans les yeux. Aucun de nous deux n'a eu de doute… S'il s'était exprimé, deux mots — "Tu crois ?" — c'était foutu. (On se l'est dit en revenant au camp de base, pas avant.) On s'est fait à boire au bord d'une immense plaque à vent[3] qu'il fallait traverser. Beaucoup de neige, hyper engagé ! J'ai senti la force de Pierre. On était devenus des animaux, nous n'avions plus de sentiments. On allait décider de notre vie, mais on ne calculait plus. » Christophe ajoute : « Avec quelqu'un de proche — il s'interrompt —, j'aurais raisonné et n'y serais pas allé. »

Ils sont restés vingt minutes au sommet, pas plus. Au camp de base, les amis, les alpinistes, ont vu la lumière des photos qu'ils ont prises, flashs venus du sommet. Joie mêlée d'inquiétude. C'est une pente terrible qu'ils allaient descendre.

3 Étendue de neige transportée par le vent, propice aux avalanches.

« Descendre *dans sa bulle,* et devenir totalement animal, poursuit Christophe. Sinon, on ne serait jamais descendus. Il fallait s'échapper, fuir, dans une folie nécessaire, dans un état second et une énergie incroyable ; et cette énergie, il fallait la puiser dans ce que nous avons en nous d'animal. »

C'est comme ça qu'ils ont retrouvé dans l'obscurité, alors que le vent avait effacé leurs traces, la tente qu'ils avaient laissée au dernier bivouac. Là ils ont dû se masser les pieds pour éviter qu'ils gèlent.

« Nous sommes restés quarante-deux jours dans la montagne. Après chaque tentative, fatigués, démoralisés, nous retrouvions nos deux amis médecins qui nous attendaient au camp de base. Capables de garder la tête froide ; je crois qu'on les aurait écoutés si, le moment venu, ils avaient lâché : "C'est bon, vous êtes lessivés. Va falloir rentrer… On verra ça une autre fois…" J'ai compris plus tard combien leur seule présence avait été importante pour nous. »

**
*

Avant que la moyenne montagne ne se couvre de feuillus rouges et jaunes, les signes avant-coureurs de l'automne sont venus à l'improviste : la fraicheur vive qui m'a surpris ce matin, dans l'air, une vibration fine à peine perceptible, avec une trace de bleu dans la lumière.

Nous avions pris rendez-vous à l'automne, Aldo et moi.

« *Ciao Ferdinand*, me dit Aldo au téléphone, *quanto tempo!* Tu sais… concède-t-il, quand je lui dis que je veux revoir l'Argentera et la voie Sigismondi, quarante ans après notre ascension avec son frère Mario, tu sais, je n'aime pas ressasser le passé, je préfère me tourner vers l'avant. Tu te souviens de la barque sur le Pô, c'était un beau projet, on l'a construite ensemble ; bon, nous ne sommes pas allés à Venise, et puis, des projets, il y en a eu beaucoup d'autres. Comme je suis un chasseur alpin, *un alpino*, ajoute-t-il avec conviction, dis-moi quand tu seras prêt, je t'accompagnerai au refuge Remondino… Nous n'avons plus l'âge de faire l'ascension (je me demande s'il ne dit pas ça par égard pour moi qui suis un peu plus vieux que lui), mais je serai là pour t'accompagner sur vos traces, Mario et toi, dans *notrre* Mercantour. »

Un grand champ couvert de machines agricoles aux dents tournées vers le ciel, comme des gueules ouvertes réclamant leur pitance, marque l'entrée de la ville de Cuneo. Depuis la sortie de l'autoroute, ça sent fort l'herbe séchée dans l'habitacle de ma Renault dont je garde les vitres grandes ouvertes, la clim ayant rendu l'âme ; il fait une chaleur accablante. Aldo m'attend sur la piazza

Galimberti, devant l'entrée du tribunal. On parlait de lui comme d'un grand sportif, il en garde l'allure, cheveux blancs et ras, grand, mince et solide sur ses deux jambes comme un marin. Il m'accueille, nous sommes heureux de nous revoir, nous ne tardons pas à nous reconnaître. Il a la voix de son frère Mario, mais nous ne sommes pas ici pour évoquer le passé. Aldo ne dort plus dans les refuges depuis quelques années, ça aussi fait partie du passé… Il m'accompagnera donc au refuge Remondino et redescendra aussitôt. Il me rejoindra le lendemain et nous ferons la descente ensemble.

Les clubs de sport sont réunis cet après-midi sur la grande place, la fête bat son plein. Nous nous attardons quelques instants, Aldo me fait admirer la belle place rectangulaire, aux immeubles cossus « de style Liberty », précise-t-il.

« Nous sommes dans une grande région agricole, au pied des montagnes », déclare-t-il dans un large geste des bras. Et puis, comme s'il y voyait un lien avec l'agriculture, il ajoute :

« C'était une importante zone de recrutement pour les armées… depuis l'époque napoléonienne. »

À quelques pas, corso Dante Alighieri, nous nous asseyons sous un parasol ; Aldo m'offre une glace aux fruits rouges.

« Bon, dit-il, le glacier est très renommé. »

Ce n'est pas un hasard si nous avions pris l'habitude de l'appeler Zio Aldo, les gens s'arrêtent pour le saluer, il leur demande des nouvelles et semble connaître chacun ;

il y a de la gentillesse chez cet homme-là, et de l'attention. Je ne sais pas si on le prend pour un vieux sage ici, mais nous avions déjà des égards pour lui lorsqu'il avait trente ans.

« Tu sais ce qu'il m'arrive ? dit Aldo tout à trac, oubliant les paroles convenues des retrouvailles. Pivotant sur sa chaise il se tourne vers moi : tu as connu Claudio ?

— Euh, non, je lui dis.

— C'était un ami ; enfin, comme il m'a demandé cette chose un peu étrange, tu vas voir, j'ai pensé que c'était un ami. En réalité nous n'avions aucune intimité, nous nous voyions ici ou là ; Cuneo est une petite ville, tout le monde connaît un peu tout le monde, peut-être qu'il me voyait comme un ami, qui sait ? Un jour… ça va faire quinze ans, déjà, Claudio m'annonce que sa femme est morte quelque temps auparavant. Elle s'appelait Marietta. Je crois bien ne l'avoir jamais rencontrée, cette Marietta… » Étrangement, Aldo ajoute après une pause, « de son vivant ».

Son regard se perd dans les nuages, au-delà de notre parasol ; ça tonne un peu, l'orage tousse, hésitant à se déclarer. Aldo reprend :

« Devenu veuf, Claudio se met à chercher du travail comme conducteur d'engins, il en trouve sur le port de Gênes.

Alors qu'il est sur le point de déménager, il me demande, lorsque je le rencontre sur le corso Dante

Alighieri si, me substituant à lui, je serais d'accord pour fleurir régulièrement la tombe de sa femme Marietta. Elle est enterrée au cimetière de la petite ville de Mondovi, me dit-il ; ce n'est pas loin de Cuneo, tu peux y aller en voiture sans perdre de temps. Claudio ne semble pas douter que j'acquiescerai à sa demande ; c'est comme ça que je me retrouve à cueillir des fleurs des champs et à les disposer sur la tombe de Marietta Melotti, dans le cimetière tranquille de la bourgade de Mondovi. Petit à petit, j'ai pris mes habitudes, poursuit Aldo, je garc ma voiture à une bonne distance de l'entrée du cimetière, et je m'accorde un moment pour marcher et cueillir des plantes le long du chemin qui traverse un bois et quelques friches. Pendant les quatorze ans où je la fleuris presque toutes les semaines, la tombe change d'allure selon les saisons : l'automne, colchiques roses, marguerites et fleurs de trèfle ; l'hiver, je coupe des baies rouge vif, du houx vert sombre, des gratte-culs et des églantiers ; au printemps, je cueille des narcisses et des crocus ; l'été, coquelicots, bleuets, chèvrefeuille, campanules roses et bleues.

Je parle à Marietta, j'imagine une belle jeune femme brune, pleine d'allant, qui n'a pas eu de chance, et nous nous entendons bien.

Voici qu'un jour Claudio m'appelle, il est passé au cimetière : "Aldo, le marbre mérite un bon nettoyage, me dit-il ; tu pourrais t'en occuper, trouver quelqu'un avec un jet d'eau… je ne sais pas… quelque chose de quoi gratter." Le marbre ? me dis-je à part moi… mais la tombe est faite d'une pierre blanche ! Certes un peu noircie par le temps... Je file aux archives du cimetière — Aldo agite ses avant-bras, mimant sa course — où je trouve deux Marietta Melotti ; elles sont nées toutes les deux dans les années soixante-dix. Depuis maintenant deux ans, je partage mon bouquet sur les deux tombes, elles ne sont pas loin l'une de l'autre. Quand, après avoir posé mes fleurs sur la sépulture de marbre, je prends l'allée vers la première Marietta, je ressens toujours un battement dans la poitrine. »

Nous restons là un moment sans rien dire, Aldo cesse de rêver et revient à lui-même, retrouvant l'allure que je lui connais depuis l'heure où je l'ai rencontré piazza Galimberti, grand, sportif, fort et conquérant.

« Je vais te montrer quelque chose », dit-il en délaissant sa glace aux fruits de la passion à peine entamée pour m'entraîner au croisement du corso Nizza et du corso Dante Alighieri.

Deux plaques commémoratives en métal, perpendiculaires, et accolées l'une à l'autre. Celle du corso Nizza retrace la *Ritirata* : un graphique indique le trajet des rescapés du front du Don, après la bataille de Stalingrad.

« Au moment du sauve-qui-peut, le général Battisti, *un fascistone*, un sale fasciste, précise Aldo, a dit à mon père : "*Fai come vuoi Maurizio...*" Sur le conseil d'un pope, mon père, à la tête de sa colonne de rescapés, a pris la direction du sud, vers la mer d'Azov — un espion russe avait voulu les entraîner vers l'ouest où ils auraient été anéantis, observe Aldo en baissant la voix. Il avait à l'esprit de trouver un peu de chaleur au cœur de l'hiver, et de l'herbe pour les mules. Mon père a ramené chez eux les survivants des régiments qui avaient été recrutés dans la région. C'est pourquoi on l'aime beaucoup ici. »

Sur la plaque, les noms des bataillons venus des villes alentour : Ceva, Pieve di Teco, Mondovi, Borgo San Dalmazzo, Dronero, Saluzzo…

Le texte rend hommage aux très nombreuses recrues mortes en Russie, « victimes du régime fasciste ».

La plaque adjacente, qui donne sur le corso Dante Alighieri, rend hommage aux résistants « qui donnèrent leur vie dans leur combat pour la liberté ».

Aldo arrête sa voiture devant l'ancienne gare de Cuneo, maintenant désaffectée pour le transport ferroviaire mais bien vivante pour son grand projet : il l'a transformée en musée de la Ritirata.

« Quinze mille hommes sont partis d'ici, m'explique-t-il. Ils ont pris le train, c'étaient des paysans, des jeunes, presque des enfants, ils ne savaient pas ce qui leur arrivait… »

Aldo s'interrompt. Puis lâche :

« Ils avaient les ordres, et ils avaient la foi.

— Pour servir de chair à canon, n'est-ce pas ?

— Ils sont partis dans l'allégresse. Moins de deux mille sont revenus. »

Aldo prend la clé du musée dans un interstice du mur en briques, près de la porte. Des armes, des étendards, des uniformes, des chapeaux à plume noire, à plume blanche aussi, réservée aux officiers supérieurs, au-dessus du grade de capitaine, me dit-il. Une sculpture en bois représentant une mule grandeur nature.

« On n'oublie pas les mules, elles ont sauvé beaucoup de monde. C'est un animal formidable, courageux, résilient, puissant. Regarde les charges qu'elles portaient, les mules. » Il me montre une luge en bois, une charrette, un affût de canon, tous engins d'un poids effrayant… « Et puis quand elles étaient blessées, épuisées, ou bien si la faim commandait, on les mangeait. » Il dit *on* comme s'il en avait mangé, du mulet.

Mario, son frère, qui avait fait son service militaire chez les chasseurs alpins, comme beaucoup dans la région, m'avait parlé de l'admiration et du respect qu'ils avaient pour les mules, capables de passer partout et d'allonger le pas s'il le fallait ; alors, quand ils voulaient se venger d'un officier, ou d'un sous-off… ils allongeaient le pas et passaient devant avec les mules : ils avaient vingt ans, et l'autre, le vieux qui en avait presque quarante, s'épuisait à les suivre de loin.

Des photos du départ, où l'on voit des jeunes gens, bouteilles de chianti à la main — ces bouteilles que l'on ne voit plus, au ventre arrondi, recouvert de paille, et qu'on appelle *fiaschi* —, le torse passé à travers la fenêtre du wagon, joyeux comme jamais et déjà camarades ! Sur le quai on s'embrasse en grappes, on boit au goulot, on porte des banderoles à l'Italie, à la patrie qu'on sauve, à l'aventure, au retour, la guerre sera brève, on s'esclaffe, et on pleure. Je ne vois pas d'orchestre ni de haut-parleurs, mais il y a de la musique dans les images, quelque chose d'électrique, des femmes en manteaux longs jusqu'aux chevilles, en chapeaux, en cheveux. Des uniformes et des plumes noires, quelques-uns qui n'ont pas encore revêtu leur uniforme portent des chandails et des chemises à carreaux, on dirait des enfants, je remarque leurs mains rustiques de paysans, ils sont saouls. Nulle gravité sur ces images, comme on la distinguera dans les yeux de ceux qui reviendront, mais nous n'en sommes pas là ; ici tout est distraction, la guerre est lointaine, elle est improbable, personne n'est entré dans le sacrifice, dans la marche sacrée qui vous cueille ou vous sauve et dont ils ne savent encore rien, sauf qu'ils la feront, cette marche ; avec la chance pour ceux qui sauront rester eux-mêmes, sans céder à la sauvagerie. Qui sait si nous reviendrons couverts de gloire. Le récit de nos hauts faits d'armes courra les villages, nous aurons des médailles épinglées sur des uniformes impeccables ; sains ou estropiés, à notre retour, nous aurons les plus belles femmes, comme le vaticinait Rimbaud.

> *Je reviendrai, avec des membres de fer, la peau sombre, l'œil furieux : sur mon masque, on me jugera d'une race forte. J'aurai de l'or, je serai oisif et brutal. Les femmes soignent ces féroces infirmes retour des pays chauds…*

Ce sont des jeunes qui meurent au combat, au moment où leur beauté n'est pas encore marquée par la flétrissure du temps, Homère parle de la vie brève et glorieuse, de la belle mort.

La belle mort, prétendument ; et la vie sombre pour ceux qui restent. Souvenez-vous, sur les remparts de Troie, le vieux Priam voit son fils Hector, qu'il aime au plus profond de lui-même, poursuivi par Achille furieux, qui veut se venger de la mort de son ami Patrocle. Priam sait que son fils Hector n'a aucune chance face au demi-dieu grec ; « pour le jeune guerrier qui tombe sur le champ de bataille, tout est beau, tout est convenable », mais pour Priam, la mort de son fils sera horrible, il l'imagine couvert de sang — ce qu'il adviendra à son fils —, les chiens venant dévorer ses parties sexuelles ; aussi demande-t-il à Hector de fuir et de se mettre à l'abri des murailles. Il hésite, Hector, hésitation suprême, pourquoi ne pas négocier, dirait-on aujourd'hui, en promettant le retour d'Hélène... Il se reprend : « Achille ne décide pas de la guerre, c'est la guerre qui le décide. » Le champion grec le rejoint, Hector l'affronte, laissant son père à sa solitude.

Nous restons un moment, Aldo et moi, à observer les photos prises il y a maintenant quatre-vingts ans à l'ancienne gare de Cuneo, où nous sommes. Au-dessus du panneau où il a épinglé les photos, Aldo avait inscrit : *La Partenza.*

« Il était fort et furieux, si je me souviens bien, me dit Aldo en se grattant le cuir chevelu.

— Toujours furieux, Achille. Soit qu'Agamemnon lui ait pris sa belle captive Briséis, et il fait la gueule, se retire sous sa tente, refuse de combattre, mettant les siens, les Grecs, en difficulté — sans lui ils perdent des batailles, mais il s'en fout pas mal des Grecs, Achille, et de leur patriotisme… Soit qu'Hector ait tué son ami Patrocle, et il entre dans un chagrin et un courroux inextinguibles ; alors il plante sa lance derrière la clavicule du héros troyen. Mourant, Hector implore Achille de ne pas livrer son corps aux chiens. Achille, fou de cruauté, s'obstine dans le refus : "Il n'est pas de pacte loyal entre les hommes et les lions… Il ne nous est pas permis de nous aimer toi et moi." Il attache le cadavre d'Hector à son char, traîne ce corps meurtri, face contre terre, trois fois autour de la tombe de Patrocle.

— À la guerre, on marche pour soi, et on se venge atrocement de la mort des camarades… On se venge des vengeances… remarque Aldo, pensif.

— Alors, quand Priam vient lui demander de lui rendre le corps de son fils affreusement mutilé, Achille s'attendrit et admire la grandeur du vieillard, cependant que Priam considère sa beauté.

— Ils s'émeuvent, c'est étrange, murmure Aldo.

— Tu sais, Aldo, quand il était jeune, sa mère avait déguisé Achille en fille et l'avait installé au milieu d'autres gamines. Elle ne voulait pas qu'il parte à la guerre. À moins qu'Achille ne voulût pas y aller. Jusqu'au jour où le rusé Ulysse lui présente une épée et un bouclier dans un assortiment de jouets plus conformes aux goûts féminins… Et Achille tombe dans ce piège qui l'a démasqué.

J'ai connu un homme qui racontait Homère à son petit-fils ; il était très savant ; son petit-fils, Julien, avait de la chance. Cet homme-là ne ressemblait pas à Achille car il n'était pas furieux ni violent, mais, comme Achille, il était courageux… il a dirigé l'Armée secrète pour la région de Toulouse en 1942. Il aurait pu mourir jeune ; par chance, il a survécu, quand nombre de ses camarades sont morts… Et puis, comme Achille, sa mère l'a longtemps vêtu en fille quand il était enfant. Enfin, mais ça n'a rien à voir avec Achille, Jean-Pierre avait fait son service militaire chez les chasseurs alpins, c'était un solide alpiniste. »

« Il est arrivé qu'ils donnent un coup de main pour engranger la moisson », me dit Aldo, pointant du doigt sur la photo un chasseur alpin entouré de paysans ukrainiens. Peut-être une famille. Ils sont alignés devant leur maison, une isba dont le toit de chaume descend jusqu'à leurs têtes ; ils posent pour la photo. À gauche, une femme d'âge mur, veste épaisse, mains croisées sur le ventre, foulard noir sur la tête, noué autour du cou ; elle sourit. Près d'elle, j'imagine que c'est son mari, un homme grand, casquette vissée sur la tête, barbe et moustache abondantes et taillées, les bras le long du corps, il porte une chemise sans col sur une veste matelassée, ses yeux enfoncés dans les orbites regardent le photographe. À son côté, l'*alpino* ne sourit pas non plus ; très grand, avec une barbe de quelques jours, il a ôté son chapeau qu'il tient devant la poitrine de façon quelque peu cérémonieuse, son fusil en bandoulière. Trois femmes, ensuite, les filles, c'est possible, mais elles ne se ressemblent pas ; la trentaine, la première, visage renfrogné, mécontent ; la suivante comme au garde-à-vous, foulard blanc sur la tête, sérieuse ; et la dernière, emmitouflée, sourit à l'objectif. Cette photo, comme souvent les photos, quand elles ne me rappellent rien, je ne sais quoi en dire, ni quoi en penser, si ce n'est que ce devait être l'automne ou la fin de l'été, on se couvrait déjà.

Me vient à l'esprit un homme, un patient, que j'avais opéré il y a longtemps, quand j'étais chirurgien. Il venait de Gênes, au sud de Cuneo, de l'autre côté de la montagne. Je ne me souviens plus comment nous en étions venus à parler de la guerre, de Stalingrad et du front du Don. Deux images sont restées dans ma mémoire ; pour le reste, je ne saurais le décrire, l'homme, sinon qu'il n'était pas grand, plutôt fluet, et qu'il évoquait volontiers ses souvenirs : celui des moteurs qu'il fallait garder chauds la nuit pour qu'ils démarrent le matin, en allumant des feux de bois sous les camions ; et celui des pendus, qui me l'avait rendu suspect, ce type, tant il était volubile quand il en parlait. Les pendus qui ne se comportaient pas de la même façon, au bout de la corde, selon qu'il s'agissait d'hommes ou de femmes.

« Mon père disait que les *alpini* avaient été bien traités par la population, à l'aller parce qu'ils se reconnaissaient les uns les autres comme paysans, et au retour, cet hiver 1943, parce qu'ils n'inspiraient pas la même terreur que les troupes allemandes fanatisées. »

Des photos l'hiver : la *Ritirata,* une file de plusieurs kilomètres d'hommes emmitouflés, quantité de mules, traîneaux, un camion-ambulance marqué d'une croix rouge, monté sur des skis.

Sur un pan de mur, des photos où Maurizio, le père, figure au centre. L'homme est robuste ; autour de lui, des *alpini* amaigris, barbus, les traits tirés. Sous son bonnet recouvert d'une grosse capuche, je distingue son visage de jeune homme aux joues rebondies. Il sourit à peine en prenant la pose devant l'objectif, une main sur la hanche. Il porte un manteau militaire ouvert sur un gros pull.

« C'est dingue comme Maurizio ressemble à son fils, ton frère… Mario était un peu plus vieux quand je l'ai connu ; même visage placide, impassible… »

À l'arrière-plan, des mules immobiles attelées à des chariots et à des luges ; un homme est allongé sur un brancard, des gens s'affairent à genoux autour de lui ; neige piétinée, brodequins recouverts de tissus, comme des pansements.

« Ils marchaient des heures durant, reprend Aldo, et puis ils se reposaient, dormaient un quart d'heure ; certains ne se relevaient pas, pieds gelés, on les chargeait sur les traîneaux, et on les distribuait dans les hameaux et les isbas isolées… *I gelati*, les gelés. »

Aldo me montre une paire de brodequins de très grande pointure :

« Tu vois, les Russes portaient des bottes ou des brodequins bien plus grands que leurs pieds... pour y mettre de la paille, ça absorbait l'humidité, la sueur, et ça les sauvait des gelures... Ça, nous ne le savions pas... Pourtant il y a bien longtemps que les Russes mettent de la paille dans leurs chaussures. Ils ont fait plus de mille kilomètres à pied, les *alpini*, les muletiers — *i conducenti muli* —, *alpini* eux aussi, leurs mules, plusieurs centaines ; ils avaient des chevaux aussi ; en cherchant le couvert des bois et les dépressions de terrain, trajets sinueux, pour éviter les avions et les attaques terrestres. Ils sont partis quatre cents, mais beaucoup sont morts, certains ont disparu dans les combats et les tempêtes, et d'autres ont rejoint la colonne. »

L'homme est seul. Les *alpini* de sa section sont morts ou dispersés dans la tempête et la nuit. Le village est peut-être occupé par les Italiens, ce n'est pas sûr. L'homme est épuisé, il a faim, il est gelé. Il distingue une lumière dans une isba isolée. Il frappe, une femme ouvre la porte. Il entre, il fait bon là-dedans. Des soldats russes sont assis autour de la table, les yeux braqués sur lui. Silence. Il se tient debout, son fusil à la main. La femme lui tend une assiette de soupe. Il pose son fusil contre le mur, prend l'assiette. Les Russes le regardent lamper la soupe, une cuillerée après l'autre. Il rend l'assiette vide à la femme qui la pose sur la table. L'homme reprend son fusil, ouvre la porte, dit « *spassiba* », et retourne à la nuit.

« Ils n'en savaient rien, à la Grande Armée, des grandes bottes fourrées de paille pour éviter les gelures ? »

Aldo se gratte le crâne.

« C'est comme le nez au milieu de la figure... On fait des prisonniers, et on ne voit pas qu'ils ont des bottes bien trop larges ! »

Mario m'avait parlé de cette histoire de la retraite de Russie avec Napoléon ; comme quoi, l'un des leurs, un aïeul, quittant l'horreur et la débandade, aurait lui aussi ramené ses hommes à la maison, dans leurs villages du Mercantour.

« Mon arrière-arrière-grand-père, côté paternel... c'est un peu la légende de notre famille : fuir le carnage et ramener les enfants à la maison. Pour ça, on nous aime beaucoup, ici, je te l'ai dit. Ça n'existait pas, les chasseurs alpins, à l'époque... Les officiers, oui, ils sont partis, comment dire... enthousiastes. Il ne faut pas croire non plus que ce soit le climat qui a vaincu Napoléon ; ils avaient de sacrés généraux, les Russes. Les soldats, ce n'est pas pareil, beaucoup ont déserté, quatre cents ont disparu avant même d'entrer en Pologne. Mon aïeul était à Maloïaroslavets, la *bataille des Italiens*, et à Viazma, beaucoup de pertes là aussi... On dit *pertes*... Au passage de la rivière Vop', il a déserté avec quelques dizaines de gars du pays. Les autres se sont couverts de gloire, leurs ossements dispersés dans la plaine de Krasnoï et beaucoup d'autres lieux. Vous dites "hauts lieux", vous les Français ?

— C'est ce qu'on dit, en effet. Et on parle aussi de "hauts faits".

— Vous avez encore de grands patriotes, en France, je crois ?

— Tu veux dire de l'autre côté de la montagne, là où les loups passent la frontière ? » lui ai-je demandé en me tournant vers le sud-ouest.

Aldo a remis les clés du petit musée dans l'interstice du mur et nous avons pris la voiture pour rejoindre le haut de la vallée. C'est là que se trouvent les Thermes royaux, une source d'eau chaude sulfureuse, on peut s'y baigner et y passer la nuit ; une amie — du temps du collège, précise-t-il — tient l'auberge.

« C'est étrange, reprend Aldo, comme le vocabulaire nous mène en bateau, *parrfois.*

— Qu'est-ce que tu veux dire ?

— Dans la guerre, je veux dire. On dit… amour quand on parle de viol, gloire quand le champ de bataille est couvert de mourants, d'amputés, de cadavres, de hauts lieux, de hauts faits pour dire l'horreur… De gloire encore, quand le désastre a disparu dans l'oubli. "Où sont tes fils ?... Sous un ciel étranger flottent les étendards." Bon, la guerre, il faut la faire quelquefois… Il faut rester l'homme qu'on est, non ? Peut-être que la guerre, quand on la fait, on peut la faire bien…

— Ou bien déserter ?

— Il faut du courage, le sens du moment… du moment de fuir… »

De la ville de Cuneo aux Thermes royaux, le haut de la vallée se dessine au-dessus de la forêt comme un débouché vers le ciel. Laissant le col de Larche sur notre droite, nous traversons Borgo San Dalmazzo et Sant'Anna di Valdieri pour garer la voiture au pied de la grande bâtisse des *Terme Reali*. Hauts murs, larges fenêtres, coursives imposantes où circulent à pas lents des curistes en peignoir et babouches, silencieux, en grappes, seuls ou en couple. Les thermes offrent du bien-être sous la forme de bains dans des grottes naturelles, creusées dans la roche du Monte Matto, aux eaux sulfureuses, chaudes et bouillonnantes ; mais aussi des massages, enveloppements et applications de boues d'algues, et des régimes adaptés à chacun, censés vous accompagner vers une mort idéale qui vous surprendrait en pleine santé. L'aubergiste nous invite au restaurant. Elle fait partie de la famille, et j'ai l'impression d'en être aussi, puisque j'étais l'ami de Mario, le frère d'Aldo, avec qui j'avais grimpé l'Argentera par la voie Sigismondi il y a déjà un demi-siècle. D'ailleurs, nous sommes là pour y retourner, ce qui enthousiasme la directrice des Thermes, une femme plutôt silencieuse, qui paraît plus jeune qu'Aldo, me dis-je, alors qu'ils fréquentaient le collège dans les mêmes années ; douce, le visage fermé à la peau lisse qu'on ne saurait dérider, à la fois présente, contente, semble-t-il, d'être avec nous, et, par ailleurs, lointaine, parfaitement enfouie dans ses pensées ; cette femme semble subjuguée par

Aldo, comme nous l'étions dans notre jeunesse quand nous voyions déjà en lui un vieux sage. Après ce dîner fait de *tonno e fagioli*, d'*orecchiette all'aglio e pomodoro*, de mini-verres de *grappa* accompagnés de *cantucci*, nous nous couchons tôt, pressés de rejoindre le refuge du Remondino dès le lendemain.

La route prend l'allure d'un chemin de montagne; elle surplombe la rivière Gesso et s'élève en grimpant sur le flanc du Monte Matto. Aldo conduit comme un père de famille et fait souffrir l'embrayage de ma voiture dont je lui ai confié la conduite. Des faucheuses mécaniques profitent de la fraîcheur de l'orée du jour pour avancer la fenaison.

« On respire l'odeur du foin et de la bouse de vache, je fais, pour oublier les grincements de la boîte à vitesse.

— Il y a eu de belles fuites, quand même », lâche-t-il, pensif.

Deux *Ritirate* dans la famille, je me dis, alors qu'Aldo a mis la voiture au pas dans ce chemin maintenant lacéré par des ornières et encombré de grosses pierres… Deux grandes fuites menées par deux hommes du même nom, Meinero, à plus d'un siècle de distance. Chacun à la tête de la colonne du sauve-qui-peut. « C'est pour ça qu'on nous aime dans la région. » Bien sûr! Quand je lui ai parlé de la Grande Armée, Aldo m'a dit qu'on ne savait plus grand-chose de cette histoire, le dernier à s'y être intéressé, un grand-oncle, est mort depuis longtemps.

« Faudrait faire *d'autrres* recherches », a-t-il ajouté sans conviction. Pour lui, l'histoire commence en 1872, à la naissance des chasseurs alpins ; Bonaparte, sa garde, qui comprenait pourtant beaucoup d'Italiens, mais pas d'*alpini*, c'est une histoire qui le concerne d'assez loin.

C'est étrange qu'il n'ait pas salué le souvenir de son aïeul. Ç'aurait été une manière d'évoquer le mystère de cette répétition, enchâssée dans la grande histoire, d'un homme à l'autre, dans sa famille, à une distance de trois générations. Deux hommes jeunes, venus de la province agricole et montagnarde de Cuneo, probablement indifférents ou hostiles aux enjeux des guerres dans lesquelles ils sont embringués, réagissant de façon similaire pour fuir les carnages et ramener leurs natifs à la maison au cours d'hivers également rigoureux, avec le même soin, la même placidité, la même autorité.

Leurs natifs, ceux de Cuneo et des villes, villages, bourgs des alentours, étaient des gens de semailles, de récoltes, de sentiers, de brouillards, de bourrasques, de ciels fabuleux… de neiges et de polenta.

La neige. Abondante et impalpable quand elle tombe du ciel. Elle semble immuable quand elle couvre les pentes et donne envie de chausser les skis dont on recouvre les semelles de peaux de phoque, nécessaires pour la montée ; en poudre blanche et dorée lorsqu'elle scintille et s'envole sur les crêtes, poussée par le vent du nord ; au retour des hirondelles, en tempête ou bien calme avec de gros flocons ; la neige qui survient l'été, les vaches affamées descendent en meuglant dans les bois. On retrouve le souvenir et la date de cette neige dans les prénoms de ceux qui sont nés ces jours-là : Blanca, Nevino…

Le moulin du ciel : où se forment les flocons, avec leur merveilleuse diversité et leur mystérieuse symétrie. Ils sont tous différents, les flocons, différents et symétriques : il suffit d'une loupe pour voir qu'ils ont six branches. Johannes Kepler — l'astronome qui a établi les lois qui régissent le mouvement des planètes — a vu ça le premier, alors qu'il neigeait et qu'il se rendait chez un ami pour fêter le Nouvel An ; il eut envie d'offrir ce flocon, posé sur la manche de son manteau, à son hôte, puisqu'il tombait du paradis et qu'il ressemblait à une étoile.

Un savant japonais a construit un appareil dans lequel il a fait varier la quantité de vapeur d'eau et la température. Ça ne suffisait pas, alors par quel hasard a-t-il introduit un poil de lapin dans sa machine ? Je n'en sais rien. Toutefois, c'est par cette entremise qu'un flocon est apparu, qu'il a grandi et s'est multiplié.

« Des lapins dans les nuages ? »

Aldo se tourne vers moi, il en rit des lapins là-haut, alors qu'au ralenti, d'une ornière à l'autre, il évite de frotter la caisse.

« La nature n'imite pas les expérimentateurs, je lui dis… Qu'est-ce qu'on trouve dans les nuages ?

— Faudrait aller voir.

— Des molécules de je ne sais quoi, des glaçons microscopiques…

— La nature *garrde* ses secrets, murmure Aldo… »

Gens de neige et de polenta, les natifs du Mercantour…

La polenta. Aux lentilles, à la saucisse, au fromage, à la viande ; aux oignons blancs, tomate et lard ; au fromage fondu ; à l'ail et à la sauge ; à l'oiseau, une caille arrosée de son jus… Ma mère, qui venait de la ville d'Ancône, à la hauteur de Florence sur l'Adriatique, faisait, disait-elle, comme font les montagnards : les restes de polenta, elle les grillait sur le feu et les saupoudrait de sucre. La brillance des grains de sucre sur les pains de polenta, délicieux, est un des rares souvenirs de ma petite enfance ; je l'associe à la présence d'un poêle ronflant. Mes frères, ma mère et moi étions à la montagne pendant la guerre ; la nuit, l'eau gelait dans nos verres.

Alors Aldo, dans ton musée destiné aux chasseurs alpins, rien sur la première *ritirata* des hommes de Cuneo ? Et rien, bien sûr, sur la fuite de l'empereur sur la Bérézina ! Tu aurais pu y faire allusion, pensais-je, un dessin, une aquarelle, une peinture, quelque chose qui l'aurait représenté, couvert d'une peau d'ours, dans le confort de sa « dormeuse » (une chambre posée sur un traîneau), attelée à six chevaux et protégée par une garde, d'ailleurs de plus en plus mince au cours de son voyage de forcené.

« Il y a de belles fuites, et des fuites scélérates », je lui dis, alors que nous arrêtons la voiture au bout de la vallée qui surplombe les Terme di Valdieri, sur le terre-plein du

Plan della Casa, à deux pas du sentier qui mène au refuge du Remondino.

Ce sont les *alpini* qui comptent, pour Aldo et les montagnards. Ceux-là savent comment déguerpir. On dit *fuir*, quand les conditions n'y sont plus et qu'il faut se tirer, vite fait. Et *fuir*, ce verbe du *vocabolario,* comme le dit Aldo, prend alors une belle dimension : battre en retraite, décider, s'affairer, installer un rappel, ou non, rester concentré, descendre sans rien précipiter, chercher le plancher des vaches… filer à l'anglaise.

« Il y a un territoire pour les fuyards.

— Qui dit ça ?

— Bernard, un ami coureur de glaciers, un vieux guide. Ainsi le fuyard n'est plus un paria… »

Assis sur une petite butte tournée vers le sud-ouest, nous prenons nos gourdes et enfilons nos chaussures. « La descente lorsqu'ils ont vaincu la face nord de l'Eiger, me fait Aldo la voix couverte par le bruit assourdissant du torrent, ça ressemblait à une sacrée fuite… »

Ils sortent dans la tourmente, raconte Anderl Heckmair. Vent hurlant, ils ne s'entendent pas d'un bout à l'autre de la corde. Flocons serrés, brouillard épais, ils ne voient rien. Alors que l'arête est à peu près horizontale, ils s'imaginent encore juchés sur une pente raide ; étrange effet de l'alliance du brouillard et du vent qui peut vous mettre la tête à l'envers. Tout à coup, Vörg, à quelques mètres derrière Heckmair, lui crie : « Arrête-toi, reviens, il y a des rochers au-dessous ! » Ils se rendent compte qu'ils ont parcouru l'arête sommitale, et que s'ils continuent dans cette direction, ils basculeront dans la face sud ; ils se rendent compte aussi qu'ils ont vaincu la face nord.

Alors qu'ils s'étaient imaginé un moment d'extase, suivi de grandes embrassades… rien de tout cela : ils se serrent les mains, essuient sur leurs faces les glaçons qui leur bouchent la vue, et se dirigent vers le versant ouest.

Nous sommes le 21 juillet 1938, il est 15h30, ils sont quatre qui ont vaincu la face nord de l'Eiger : les deux Allemands, Anderl Heickmair et Ludwig Vörg, et les Autrichiens, Heinrich Harrer et Fritz Kasparek. Dans ce moment d'euphorie dramatique, Harrer fait preuve d'une étrange présence d'esprit : fouillant son sac, il propose, en hurlant dans le vent, de déployer le drapeau à croix gammée. Anderl Heckmair refuse (c'est lui qui dirige la cordée).

Puis il faut descendre dans la tempête sans attendre. Harrer, qui a fermé la marche la plupart du temps, au cours de l'ascension, prend la tête de la cordée. Avec Kasparek, ils étaient montés au sommet, quelques jours auparavant, par une autre voie, et descendus par la face ouest : ils connaissent le chemin. La tension est tombée avec l'euphorie de la descente, raconte Heckmair ; il est envahi par une immense fatigue. Maintenant à la queue de la cordée, il attend que la corde se tende pour suivre les autres dans le brouillard. Ils perdent de l'altitude, mètre après mètre, progressant dans une neige abondante et lourde ; à un moment, il a la faiblesse de se laisser glisser dans la pente et ne réussit pas à s'arrêter ; les autres le retiennent : dans la précipitation, il perd son pantalon et ressent la brûlure de la neige sur ses fesses. Il tient son pantalon cependant qu'ils doivent remonter un dénivelé de deux cents mètres ; Harrer les avait conduits trop bas vers la gauche. Ce dernier trouve le chemin à l'instinct, « comme un loup », se dit-il. Il se veut léger, penché vers l'arrière, le poids du corps sur les talons. Ils descendent encore et encore, le vent se calme, il fait moins froid, ils ont perdu mille mètres. Leurs vêtements gelés sont maintenant trempés, la ouate thermogène qui leur sert de sous-vêtement irrite leur peau et torture leurs pieds. Ils savent à présent qu'ils seront bientôt en sécurité.

Vörg prétend qu'il a entendu des voix… peut-être des gens venus à leur rencontre. Heckmair se demande comment il fera pour prendre un bain à leur arrivée à la Kleine Scheidegg sans un rond pour prendre une chambre… Tout de même, il se voit somnoler dans un bon bain, oui, un bon bain, se répète-t-il, jusqu'à ce qu'ils aperçoivent un berger qui les regarde comme s'ils étaient tombés du ciel. Celui-ci leur montre, quelques centaines de mètres plus bas, des fourmis qui viennent vers eux : « La colonne de secours », dit l'homme. Bientôt, ils sont là. On s'embrasse, on rit. L'un sort une flasque de cognac, Heckmair la siffle d'un trait, tétanisé par la colonne de feu qui traverse son corps. Il est 19h30. Ils prendront un bain, les pieds hors de l'eau, tant les gelures, les cloques, les blessures les font souffrir.

Je remarque un détail qui m'étonne : à la montée comme à la descente, Heinrich Harrer était simplement chaussé de brodequins à clous et ne portait pas de crampons. Étrange, non ? Pour une ascension pareille, jamais réussie jusque-là, pire que toutes les autres, disait-on, tellement elle en avait tué, des grimpeurs aguerris ! Difficile d'imaginer qu'il n'aurait pas eu les moyens de se payer une paire de crampons ; pour le reste, quoique sans le sou, ils ne manquaient de rien tous les quatre. Harrer avait étudié — c'est certain — la face nord de l'Eiger avec le plus grand soin, à la jumelle, à la longue vue ; il l'avait approchée, il savait ce qu'on en disait ; lui comme les autres croyaient la connaître palier par palier... Malgré les névés et les énormes parois de neige et de glace presque verticales... Harrer avait jugé qu'il s'agissait avant tout d'une grande course de rochers... alors il l'a faite avec ses brodequins à clous ; et puis, il s'y sent bien dans ses pompes en cuir, elles en ont vu d'autres ; lui aussi. Erreur de jugement ? Peut-être pas, puisqu'il en est revenu ; en tous cas, ça lui a valu de fermer la marche pendant toute l'ascension, et de porter les charges les plus lourdes, ce dont il s'est accommodé comme d'une routine : porter le sac chargé de pitons, coinceurs, cordes, toiles, réchaud... l'arrimer à la corde, le voir partir vers le haut, et suivre, rejoindre au relais Vörg et Kasparek qui portaient des crampons classiques à douze pointes. Heckmair, lui, en portait d'un nouveau modèle, munis de pointes avant, c'est lui-même qui les avait dessinés, parfaits pour grimper en tête.

En revanche, à la descente, dans la neige épaisse, Harrer était plus à l'aise que les autres : la neige s'accumulait sous les crampons de ses compagnons — on dit qu'elle « botte » —, les obligeant à lever les genoux et à cogner de leur piolet le bord des semelles.

« Sacrée fuite », répète Aldo, pensif, alors qu'il lève le haillon de la voiture pour en sortir nos sacs. Le sien est presque vide, aussi me propose-t-il de répartir la charge en vidant mon sac à dos pour moitié. Je suis sensible à son attention, bien qu'un peu agacé qu'il ait prévu que j'aurais peut-être du mal à monter là-haut.

« Tu disais qu'il y a un territoire pour les fuyards, se souvient-il. La baignoire où panser ses plaies, pour Heckmair et les autres ?

— Un lieu qui te permettrait de redescendre mentalement, si j'ose dire. Pour ne pas rester perché là-haut, dans tes rêves. Où tu puisses te dire, maintenant, je suis ici, à plat sur ce gazon, je sens l'herbe sous la plante des pieds, et c'est bon.

— Le sens du devoir accompli, murmure Aldo, un peu ailleurs… Mon père a dû ressentir ce bien-être quand il a ramené les natifs du Mercantour de la bataille de

Stalingrad… Mon aïeul aussi, retour de la Bérézina, ajoute-t-il alors que nous nous engageons sur le sentier qui longe le torrent, pour attaquer la pente et entrer dans la forêt de feuillus prêts à accueillir l'automne.

— Le territoire pour les fuyards serait le lieu où ils seraient arrivés entiers, sans laisser un trop gros morceau d'eux-mêmes, là-haut, ou là-bas, à la guerre, en prison ou ailleurs.

— Vous autres, Français, vous aimez bien la philosophie, n'est-ce pas ?

— Ça va, Aldo… »

Je me tourne vers le sud-ouest, au-delà du torrent…

« C'est là que les loups italiens passent la frontière ?

— C'est ici, en effet, qu'on a trouvé les plus grosses empreintes de loups. »

Aldo joint les mains en forme de conque et me dit que les traces oblongues mesurent jusqu'à douze centimètres par neuf et demi.

« Avec les griffes, précise-t-il. Ce sont des bêtes impressionnantes… Faut qu'il ait plu ou bien neigé pour en voir, des empreintes. Ça arrive... Et puis tu ne sais jamais combien ils sont dans la meute parce qu'ils marchent en file indienne, dans les pas l'un de l'autre. »

Au-dessus de la forêt, les lacets du sentier montent en pente raide une côte herbeuse, parsemée de rochers de plus en plus volumineux à mesure qu'on s'élève et qu'on aperçoit, encore loin, le toit rouge du refuge. Aldo ne boit ni ne mange pendant l'effort. On s'assoit un quart d'heure, il fait bon, la pente est tournée vers le sud-ouest, le soleil ne nous a pas encore rejoints. Deux chamois dévalent un grand pierrier qui longe le sentier. Aldo émet un sifflement perçant entre ses doigts. Ils s'arrêtent et tournent la tête vers nous, gardant leurs corps dans le sens de la pente. Ils attendent, immobiles, et reprennent leur course à l'instant où nous nous remettons en marche.

« Des proies pour les loups, n'est-ce pas ?

— Ils sont trop rapides, répond Aldo. Les loups ne cavalent pas comme ça… En revanche, quand il y a de la neige, comme les chamois y enfoncent leurs petites pattes, les loups ont leur chance…

— Tu en as vu des loups à la hauteur du refuge ?

— Non, les loups ne rôdent pas autour du refuge, m'assure Aldo, il n'y a pas grand-chose à chasser à cette altitude… On y rencontre plutôt des bouquetins, mais les bouquetins n'ont pas peur des loups, ils les chargent. »

J'imagine la scène, trois loups, le poil hérissé, la queue sous le ventre, bousculés par un bouquetin furieux et méthodique.

« En revanche, poursuit Aldo en ralentissant dans la montée afin que je reste à sa hauteur et que je comprenne de quelle revanche il veut parler, en revanche, si tu vois des chiens ensauvagés autour du refuge, il faut te méfier, ils peuvent être très dangereux… Ils s'intéressent aux hommes, marmonne-t-il.

— Ils ont un compte à régler ?

— Qu'est-ce que j'en sais, moi ? » s'interroge Aldo comme s'il ne s'adressait qu'à lui-même.

Il pose son sac pour me permettre de souffler un peu, s'assoit, me tend sa gourde, et ajoute :

« J'avais repéré deux chiens ensauvagés qui rôdaient autour du refuge. Ils chassaient ensemble, l'un rabattait les proies vers la forêt, et l'autre se postait à l'affût dans les fourrés.

Alors que les loups s'en foutent des humains, dit-il à voix basse… D'accord, ils les observent parce qu'ils sont curieux ; des fois même, ils se montrent quand ils reconnaissent des natifs qu'ils sont habitués à voir passer, avec la même veste, la même odeur, les mêmes pas, la même façon de s'asseoir ou de s'allonger qui leur donne envie de s'approcher, de venir voir. Ce sont toujours des gens du coin qui croient les rencontrer par hasard… alors qu'en réalité ce sont les loups qui les reconnaissent et viennent vers eux. »

Je regarde Aldo sans mot dire. Les loups, semble-t-il insinuer, plus on croit les connaître, plus le mystère s'approfondit. Je pense à Antoine qui posait des pièges photographiques sur des arbres, dans les hauteurs des forêts des Cévennes. Sur la pellicule il trouvait toutes sortes de bêtes, sangliers, renards, chevreuils, un chat sauvage, rarement un loup ; mais quelquefois une empreinte de loup sur la terre meuble, derrière l'arbre, justement, et derrière l'appareil photo.

Un chien de berger noir et blanc survient, la queue en l'air, joyeux et superbe ; il a reconnu Aldo, c'est le chien de Pietro, le gardien du refuge qui arrive quelques instants plus tard ; ils descendent vers le torrent. Nous nous saluons, les hommes et le chien. Des sifflements stridents envahissent tout à coup le pan de la montagne de haut en bas, les marmottes ont senti la présence du chien, concert ininterrompu, jusqu'à ce que Pietro et son chien disparaissent dans la forêt et qu'alors elles se taisent. J'en reviens aux loups :

« Les marmottes, dis-je à Aldo, est-ce qu'elles sifflent quand elles sentent qu'un loup apparaît dans le secteur ?

— Ça, je ne sais pas, qu'il marmonne, les yeux dans le vague… Ce n'est jamais simple avec les loups… »

**
*

Cette fois, les loups ne sont pas venus en file indienne, Vincent Munier les a vus de loin dans ses jumelles, neuf points jaunes s'approchant de front, à l'horizon dans la toundra. Il est seul. Premières photos. « L'extraordinaire photographe animalier » pleure d'émotion, on l'entend sur la bande son de son film, *Éternel émerveillé*. « Ça fait des années que j'attends ce moment », souffle-t-il, ému. Il marche depuis huit jours à ski, au nord du Canada, tirant son *pulka* (traîneau), dans un froid vif. Il a vu des traces. Ce sont eux, les loups blancs de cette meute, qui l'ont repéré. Sa tente montée, il était prêt à se coucher, mais il prend tout de même ses jumelles une dernière fois pour cette journée, à tout hasard : et voilà qu'ils viennent à lui ! Il se couche à plat ventre en signe de paix. La femelle et le mâle dominants restent à distance. Le mâle est blessé — dans un combat avec des bœufs musqués, suppose-t-il —, son poil est raidi de sang séché à la patte. Très vite les jeunes loups l'encerclent, ils prennent confiance, Vincent déclenche son boîtier. Sur les clichés, ils lui offrent une sarabande joyeuse et sauvage. Les loups se déchaînent en jouant et prennent dans leurs dents le harnais de son *pulka* qu'ils s'amusent à tirer. Ils s'approchent un peu trop près, tirent son pantalon ; vont-ils faire leur métier de loups, et voir un peu s'il y aurait de quoi faire un bon repas ? remarque-t-il sans vraiment s'inquiéter. Vincent Munier se met debout. Les loups s'éloignent en file indienne, il les suit quelques kilomètres, et puis, il se met à boiter, jouant l'homme blessé, et la meute curieuse revient le voir ; il leur offre une deuxième séance de photos. Enfin ils s'en vont. Il ne les reverra plus.

Me vient à l'esprit cette femme qui rejoignait ses amis dans la salle des fêtes de l'hôtel *Majestic*, les cheveux en chignon, son écharpe relevée haut sur la nuque ; elle présentait une légère boiterie qu'elle soulignait en tenant une canne d'une main ferme comme pour dire je suis blessée. Elle souriait, et je me suis dit que tous ceux qui se levaient, dans la rangée, pour la laisser passer, connaissaient l'accident qui lui avait valu cette claudication ; une histoire qui aurait couru la vallée et dont elle portait les stigmates.

« *Never trust a man with a limp !* » écrit, je crois, le maître de l'incertitude, Graham Greene, dans *Le Troisième Homme*.

Cette boiteuse au chignon et aux pommettes saillantes m'intrigue, au point que je la confonds parfois avec certaines femmes qui d'ordinaire ne lui ressemblent pas.

**
*

Arrivés près du refuge, nous attaquons la dernière pente raide qui le contourne par le nord-ouest. Nous prenons garde d'éviter la rampe qui sert souvent de décharge naturelle aux chiottes, à l'arrière des refuges. Aldo a de la suite dans les idées ; il reprend :

« Tu crois que les marmottes avertissent le monde quand le loup fait son apparition ? Ça serait trop facile, elles ont la *trrouille* ; elles se terrent, plutôt, à mon avis. D'ailleurs, me fait-il en plissant les yeux, les loups possèdent des glandes odorantes sous leurs coussinets plantaires, c'est comme ça qu'ils annoncent leur présence, marquent leur territoire ou indiquent une direction au reste de la meute. Tout ce qu'ils laissent derrière eux a un sens…

— Ils envoient des signaux sous forme d'odeurs ?

— C'est ça.

— Dans quel but ?

— La pensée commence avant les hommes, lâche Aldo, renfrogné.

— C'est toi qui dis ça ?

— Je ne dis rien, je répète… Il arrive que les empreintes, elles soient derrière toi… Les loups suivent ton passage pour marquer leur territoire… Encore faut-il qu'il ait plu entre-temps ; encore faut-il se retourner… »

« C'est bien connu, les loups sont curieux, racontait Antoine, l'homme des hautes forêts des Cévennes. Lorsque les vieux ont bu assez de pastis pour ne plus craindre d'être mystifiés, ils racontent leurs souvenirs. Le père rentrait tard à la maison. Il passait par les bois. C'était l'époque où la voiture n'était pas encore répandue. Il prenait chaque soir le même chemin à pied, et chaque soir, trois loups le suivaient à quelques mètres de distance. »

On a toujours raison de se retourner. En ville, pour surveiller ses arrières, si l'on se prend pour un personnage de roman ; en montagne, pour profiter de la surprise d'un paysage que l'on découvre tout à coup à l'envers.

Arrivés à hauteur du refuge, la trace tourne un instant vers l'aval, là d'où nous venons. Le sentier en lacets, la forêt, le torrent bien plus bas, tout a disparu. La brume nous a suivis, et nous n'en avons pas senti la fraîcheur. Un fleuve de nuages venu du nord-ouest file vers la frontière en vagues chaotiques et majestueuses. Le terre-plein du refuge est épargné de l'assaut du brouillard, le voile de vapeur s'arrête à nos pieds. Le Remondino a été reconstruit, me dit Aldo, et les poutres, le ciment, les fenêtres ont été montés à dos de mulet, ajoute-t-il avec fierté. Une bâtisse de trois étages au toit rouge remplace la cabane rudimentaire où nous avions avalé une soupe, Mario et moi, avant de disparaître dans un sommeil profond, après notre « grande ascension » de l'Argentera par la voie Sigismondi. Le refuge tourne le dos à la vallée ; derrière lui, le tapis de nuages en mouvement ; devant nous, les monuments de granit de la *Madre di Dio* et de la *Naſta,* rouges et orangés, profitent des derniers rayons de lumière. Au nord, l'Argentera est dans l'ombre. Aldo me tend ses jumelles. La voie Sigismondi me fait penser à l'épine dorsale d'un immense dinosaure endormi sur la paroi rocheuse. Je reconnais la voie (dite) normale par laquelle nous sommes descendus : un torrent de pierres dévale d'une traite, du sommet au pied, la colossale masse de granit. Aussi immuable que l'immense cirque rocheux rehaussé d'aiguilles pointées vers le ciel, le pierrier de l'Argentera, contrairement à ceux que l'on rencontre d'ordinaire au pied des pentes et qui font penser à des éboulements, prend son origine au sommet pour filer jusqu'au socle de la cathédrale, comme s'il tombait du ciel. Je m'en souviens très bien, nous l'avons descendu comme des zombies, soulagés d'être sortis de l'infernale répétition des longueurs de corde.

Aldo m'a prévenu, il ne dort plus dans les refuges, il ne veut pas se laisser envahir par un souvenir qui l'a suffisamment obsédé et qu'il balaye d'un geste de la main : il est pressé, il rentre, avale un thé brulant, s'habille de vêtements secs, fourre dans son sac ses sous-vêtements trempés de sueur, ajuste sa casquette et disparaît dans l'épaisseur du nuage. Il reviendra demain pour m'accompagner dans la descente ; il y tient, me dit-il, joyeux.

Ils sont une dizaine, venus de Cuneo, leurs sacs et monceaux de cordes posés sur la terrasse du refuge ; ils profitent de la fin d'après-midi, installés sur les bancs ou assis par terre, le dos contre le mur. J'entends qu'ils ont « posé des jours » pour prendre leur week-end en montagne — des infirmières, des infirmiers, je les entends parler de leurs gardes à l'hôpital. Ils font partie du CAI, le Club alpin italien ; demain, ils iront grimper. J'étais membre du CAI, moi aussi, Mario m'avait procuré une carte d'adhérent, comme pour me faire entrer dans une société secrète.

Je n'aime pas les nuits dans les refuges. Le bruit des pas et des conversations s'atténue entre onze heures du soir et deux heures du matin, moment où les premiers se lèvent pour affronter les courses les plus longues, les plus engagées ; il s'ensuit un moment de répit, habituellement occupé par l'orchestre des ronfleurs, jusque vers cinq ou six heures ; alors le refuge entier se réveille. Il est un peu tard quand j'entends cette conversation, dans un demi-sommeil, allongé sur ma couchette sous deux épaisseurs de couverture. Elle a une voix claire, enjouée, rayonnante, et lui, calme et posé, je l'imagine un peu plus vieux qu'elle :

« Je suis contente de faire cordée avec toi demain, on va grimper la Sigismondi.

— On la fera tranquillement, *adagio, adagio.* Moi aussi, je suis très content de la faire avec toi. »

Et puis, plus rien, à peine quelques ronflements.

En m'endormant, j'entends un frottement dans le couloir, comme si quelqu'un traînait un sac en haletant. Je me représente Walter Bonatti, son gros sac posé à ses pieds sur la glace d'une banquise. Marin m'avait raconté cette histoire, si je me souviens : Walter revient d'une aventure solitaire en Antarctique ; un journaliste l'interroge et le filme… Et puis une femme, Rossana, qui regarde le reportage quelque temps plus tard à la télévision en compagnie d'un ami, chez elle, à Rome. Bonatti raconte son aventure et se plaint au passage d'avoir à porter ce gros sac, et d'avoir eu à le porter toute sa vie. À ce moment Rossana se tourne vers son ami et lui dit : « Je le porterais bien le sac de Bonatti ! » Rossana Podestà est une actrice bien connue en Italie, notamment pour avoir joué Hélène de Troie dans un film de Robert Wise. Il se trouve que l'ami de Rossana est aussi un ami de Bonatti. « Rossana

Podestà m'a dit qu'elle aimerait beaucoup porter ton sac, tu sais ? » lance-t-il à son ami Walter lorsqu'il le revoit à son retour dans les Alpes. Walter se rend à Rome, l'adresse en poche ; il sonne à la porte : personne. Il va et vient, déambule dans le quartier, s'assure de la rue, du numéro et sonne de nouveau. Lorsque Rossana ouvre la porte, elle entend les premiers mots de Walter : « Je suis venu poser mon sac… » Ils ne se sont plus quittés par la suite.

Au petit matin les premiers levés s'ébranlent sur la terrasse, tartines et café dans le ventre pour rejoindre le pied des voies.

La nature se réveillait à peine lorsque nous avions rejoint le socle, Mario et moi, un demi-siècle plus tôt, après une petite marche d'approche dans l'obscurité. Aujourd'hui, le jour est levé quand je prends le sentier qui s'élève doucement et serpente entre de gros blocs de granit tachés de vert et de rouge. La Sigismondi, qui semblait couchée sur l'Argentera dans la pénombre, s'est relevée ce matin, et son crénelé prend des teintes orangées. L'herbe scintille de rosée, il fait frais. Je m'assois sur un rocher à quelques dizaines de mètres du socle. Ils sont encore quelques-uns, sur les premières dalles, à enfiler leurs baudriers et à s'encorder ; je suis à la portée de leur bonne humeur et de leurs éclats de rire. Aldo m'a dit, en prenant le ton d'un maître yogi : « Si tu t'engages là-dedans, tu vas au-devant d'une très grande fatigue ! » Deux cordées s'engagent sur les dalles en pente, ils grimpent en adhérence sur les pieds, en posant simplement les mains sur la roche, comme nous l'avions fait, il y a si longtemps, lors de notre grande ascension avec Mario. Si ça continue comme ça, me disais-je, ça ira très bien. Il y avait des prises, pas besoin d'acrobaties, ni de grands efforts pour les bras. Et puis c'est devenu de plus en plus aérien, les promeneurs sur le sentier paraissaient des fourmis. Maintenant je les vois. Les grimpeurs s'élèvent, calmes et méthodiques, aucune précipitation, *adagio, adagio*, disait-il cette nuit, ce sont eux, peut-être, dont j'ai entendu l'enthousiasme, qui s'élèvent lentement et dont je perçois les voix tranquilles à présent. Marin m'a dit : « La course, si tu la fais, il faut la faire bien. » Ils la font bien. Le soleil les réchauffe ; maintenant leurs voix s'estompent, ils disparaissent derrière l'arête pour réapparaitre à cheval et progresser de mon côté de la face.

Aldo me rejoint — il a fait l'aller et retour —, précédé de son chien Yago, toujours de bonne humeur celui-là.

« Ils vont sortir dans une bonne heure, ils sont dans les gros blocs sous le sommet, me dit-il, les yeux dans les jumelles. Ensuite, ils descendront la voie normale ; c'est chiant, un pierrier pareil, on en prend plein les genoux.

— Je les envie.

— Je l'ai faite deux fois, la Sigismondi. Maintenant, je m'occupe de ma vigne, elle n'est pas grande.

— Tu sais à quoi ça me fait penser ?

— Que tu veux rentrer.

— Aux oiseaux. On dit que les oiseaux défendent leur territoire… Ils se trouvent sur la frontière, et là ils se déchaînent, ils chantent comme des dingues, ils inventent de la musique, s'interrompent, se répondent, ils dansent, font des trucs incroyablement beaux, on se dit… Mais qui va gagner ici ? Et le soir venu, tout le monde rentre à la maison, pas de gagnant, pas de vaincu. Le lendemain, ils recommencent, avec le même soin, la même application, et ainsi de suite… Quand je les ai vus grimper ce matin, les filles et les gars du CAI, j'ai pensé aux oiseaux, qu'ils n'étaient à la conquête de rien du tout, qu'ils s'adonnaient à quelque chose d'inutile et de mystérieux, dans une détermination joyeuse, dans la beauté des gestes et la splendeur de… je ne sais pas, moi, de l'accomplissement… Quelque chose qui les dépasse. De l'art, tu crois ? »

Il en a marre, Aldo, de notre conversation qui tourne en rond, il veut m'accompagner dans la vallée, descendre, voir si Yago allume les cris d'alerte des marmottes.

Rentrer.

**
*

La buvette du Chapeau. On distingue sa terrasse depuis le village des Praz, à mi-pente d'une grosse bosse montagneuse posée à gauche des aiguilles des Drus : on dirait un chapeau de feutre avachi par la pluie. William Turner, le grand peintre anglais contemporain de Napoléon, quand il s'arrêta à Grenoble lors d'un de ses nombreux voyages dans les Alpes, avait déjà dessiné le voisinage de la ville et les sommets alentour. Gondolé par l'orage, le chapeau citadin se trouve, ici, posé au pied des sommets... Turner l'a peint, ayant installé son chevalet sur le chemin du Montenvers — il voyageait souvent seul, à pied ou à dos de mulet — ; il en a fait un portrait aux lueurs voilées, aux blancs dorés striés d'éclairs marron orangé.

C'est une belle promenade, la montée à la buvette du Chapeau. Au-delà du village des Bois, le sentier des sources de l'Arveyron serpente et s'élève dans la forêt ; au sortir de celle-ci, on marche dans la lumière, le sentier traverse le torrent du Chapeau ; bientôt la pente est plus raide, et l'on n'a pas eu le temps de souffler qu'on se trouve sur la terrasse. Devant nous, les mélèzes dorés de l'automne, le Grand Dru, la Dent du Géant, l'aiguille du Midi, l'aiguille de la République, la plus fine et la plus pointue ; deux guides, le père et le fils, avaient accroché un grand drapeau, *Vive la République,* lors d'une élection où celle-ci (la République) leur avait semblé en danger. Seule tristesse : la Mer de Glace, profondément enchâssée dans son lit par la fonte, est recouverte d'un immense pierrier noirâtre. D'ordinaire, nous montons là-haut l'après-midi ; quand le ciel est dégagé, il y a quelque chose de délicieux, assis sur un banc, à laisser errer son regard et à manger les tartelettes que nous disputent des mésanges huppées à longue queue, maîtresses du lieu.

Ce soir, Pascal a réservé la buvette ; c'est son anniversaire, il a invité quelques amis. Éclairés de nos lampes frontales, nous prévoyons de descendre dans la nuit — un peu pompettes, certes. Je trouve Marin à l'entrée du sentier ; l'automne est bien avancé, il a neigé d'une neige humide et peu convaincante, elle est là tout de même, il ne gèle pas encore. Un homme passe sans nous saluer, qui marche bon train. Il porte un large chapeau de pluie, une veste délavée, serrée à la taille, des brodequins de cuir à l'ancienne. Il nous regarde, l'œil d'acier, sans nous voir, semble-t-il, et progresse sur le sentier. Nous le suivons du regard, un peu interloqués car il marche comme un vieillard en se déhanchant, peut-être à cause d'une douleur, mais aussi comme un alpiniste. Même de dos, il a quelque chose d'indéfinissable dans sa progression, le balancement de son corps, la fluidité et la facilité de ses gestes. Je vois bien que Marin se demande qui ça peut-être, cette figure de montagnard au visage de cire qui prend le sentier, seul le soir venu, sous cette neige hésitante. Nous restons là quelques instants sans rien dire. Marin revient de sa rêverie. D'habitude plutôt taiseux, il retrouve sa bonne humeur et me dit :

« Le Chapeau a lui-même un chapeau… On le voit bien depuis le village, à la jumelle, un gros rocher en surplomb lui sert de rebord au-dessus des falaises. »

Marin sait pourquoi le Chapeau s'appelle le Chapeau. Il est à la fois modeste et très savant ; il connaît l'Histoire et les histoires de la vallée.

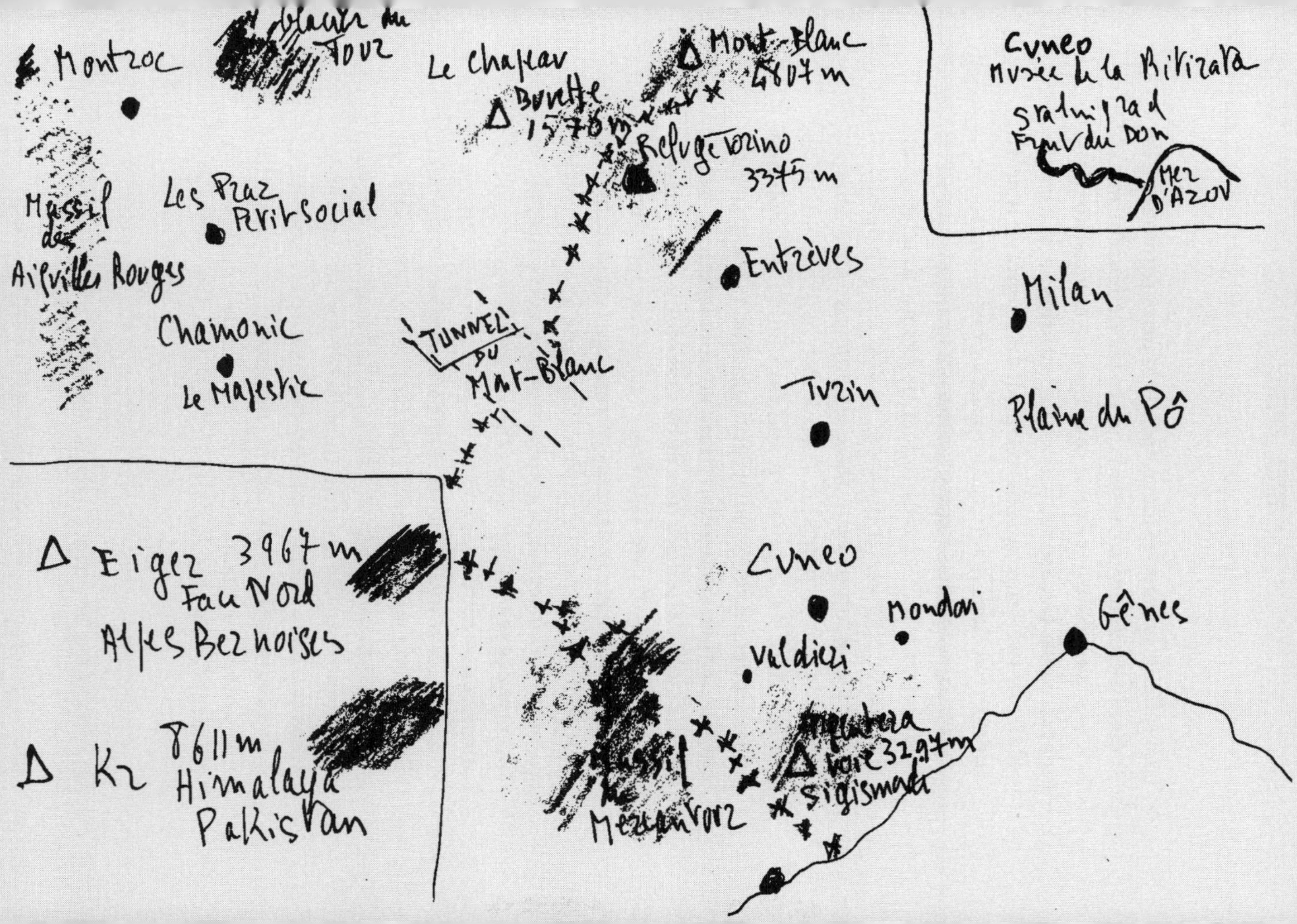

Montroc
Glacier du Tour
Le Chapeau
Buvette 1570 m
Mont-Blanc 4807 m
Refuge Torino 3375 m
Massif des Aiguilles Rouges
Les Praz
Petit social
Chamonix
Le Majestic
Tunnel du Mont-Blanc
Entrèves
Turin
Milan
Plaine du Pô
Cuneo
Musée de la Ririzata
Stalingrad
Front du Don
Mer d'Azov
Eiger 3967 m
Face Nord
Alpes Bernoises
K2
8611 m
Himalaya
Pakistan
Cuneo
Mondovi
Valdieri
Gênes
Massif du Mercantour
Sigismondo

La salle de la buvette est ornée, de façon surprenante, de deux lustres de verroterie augmentés de feuilles métalliques dorées, dont la vue me réjouit chaque fois que j'entre dans la cabane. Thierry, le gardien, a allumé un feu et dressé une grande table pour les invités. Il a prévu un rôti avec des patates rissolées, ça nous changera de la raclette, nous dit-il en souriant. Pascal nous accueille avec les premiers arrivés, déjà assis devant une bouteille de blanc.

Je ne l'ai pas remarqué en entrant, l'homme au chapeau nous a précédés. Assis à une petite table qui se trouve derrière la porte, quand on l'ouvre, il fume une pipe au bec effilé, on lui a servi une bière. Il est en effet très âgé et bien maigre. Je pense aux personnages momifiés, restes de jeunes hommes sacrifiés aux dieux des Incas — pour que la pluie, les récoltes et la paix reviennent et que cessent les calamités —, retrouvés dans une faille de rocher au sommet d'un pic ou d'un volcan. L'homme semble venir d'un temps où l'on grimpait les montagnes pour s'approcher des dieux et se griser de l'atmosphère raréfiée.

Maintenant les invités sont assis autour de la table, heureux de se retrouver ; Anne-Marie a préparé un discours qu'elle adresse à Pascal. Si Marin est taiseux, Pascal est bourru ; il arrive qu'il lâche des bribes d'aventures extrêmes, sans jamais en faire un récit. Lorsque la conversation dérive un instant sur Gaston, un grand alpiniste connu pour donner une incroyable impression de facilité, il raconte : « Alors que je grimpais en tête les dernières longueurs de la face ouest, bien lisse, du Grand Dru — il y a bien longtemps —, j'hésitais, ne trouvant pas de solution. Gaston, qui me suivait, prononça sans élever la voix deux mots — "je suggèrerais…" — qui tout à coup me tranquillisèrent… » On l'admire, Pascal, il en a vu et il en a fait de toutes les couleurs. Aussi vieux et perclus soit-il, il est là, guide pour toujours. J'ai pensé qu'il aurait voulu mourir en montagne. Après pas mal d'incidents et d'accidents, il a compris qu'il avait raté son projet, alors sa vie est devenue paisible. Tout à l'heure, il descendra lentement dans la vallée — les brodequins munis de petits crampons ; il a neigé toute la soirée — dans les pas de Marin.

La porte s'ouvre dans le brouhaha, personne ne s'en inquiète, une femme, je la vois de dos, une canne à la main, le chignon sous son bonnet, elle s'approche de l'homme au chapeau, lui pose une main sur l'épaule et s'assoit en face de lui ; sans attendre, comme s'ils ne s'étaient jamais interrompus, je vois qu'ils se parlent en silence.

Comme souvent, autour de cette table, les amis de Pascal forment un groupe disparate de grimpeurs, d'anciens alpinistes, de camarades qui nourrissent leur imagination de récits, et les habitent. Ce soir, le bénéfice du dîner est destiné au village népalais de Dawa, victime d'un tremblement de terre.

« Tu as vu les deux-là ? »

Sophie se penche vers moi, son regard m'indique le couple près de la porte.

« La femme au bonnet... Elle boite, hein ? je murmure, croyant la reconnaître.

— Et lui, murmure Sophie. Avec son visage taillé à la serpe, il me fait penser à Sean Penn. Ils parlent allemand.

— C'est l'inventeur des crampons à pointe avant, souffle Bernard.

— Les crampons à pointe avant ont été inventés bien avant Heckmair, par Laurent Grivel, observe Pascal.

— Je veux dire l'inventeur des nouveaux crampons à pointe avant, reprend Bernard, en baissant la voix. C'est le vainqueur de la face nord de l'Eiger. »

Bernard nous apprend que l'homme s'était refusé, au terme de leur terrible ascension, à déployer dans la tempête le drapeau à croix gammée. Il n'y a pas d'ambiguïté possible, précise-t-il. Avec son grand nez et son corps de serpent, c'est bien lui, Anderl Heckmair.

La femme et l'homme parlent à voix basse, indifférents à l'agitation autour d'eux. Les coudes sur la table, ils sont proches et attentifs l'un à l'autre, solennels même, tant leurs échanges semblent précieux.

« Après la guerre, reprend Bernard, ils étaient plusieurs, des hautes pointures de l'alpinisme, à lui envoyer de la nourriture. Il avait faim, Anderl, et les grands grimpeurs s'envoyaient des signes d'entraide par-dessus les cimes.

— Le mec lui ressemble, c'est troublant, rétorque Marin, les bras croisés sur la table. Si ce n'est qu'il devrait avoir cent treize ans aujourd'hui. »

Autour de la table les montagnards tendent l'oreille, penchés vers Marin comme des conspirateurs.

« À l'automne 44, Anderl Haickmair est stationné, avec sa brigade d'*Alpenjäger*, au village d'Entrèves. Deux mille mètres au-dessous du refuge Torino, occupé par les FFI. Depuis quelques jours, l'homme attend et regarde le ciel. Il a repéré la présence de “l'âne”, un nuage qui recouvre — en dos d'âne — le sommet du mont Blanc. Personne n'ignore que la présence de l'âne est annonciatrice de mauvais temps. C'est précisément ce qu'il espère, Anderl, le mauvais temps. Il neige, c'est paisible ici », fait Marin en ouvrant la fenêtre pour aérer la pièce.

Hitler a chargé Heckmair d'une mission étonnante, alors que la débâcle militaire ne fait plus de doute : dérouler le drapeau à croix gammée sur le sommet du mont Blanc. Dans les vallées des Hautes-Alpes, les avis sont partagés. Pour les uns, cette histoire de drapeau est le fruit d'élucubrations sans fondement ; pour les autres, Hitler se serait lancé dans une gesticulation symbolique, comme il l'avait fait dans le Caucase sur le mont Elbrouz — le volcan où Zeus enchaîna Prométhée pour avoir offert aux hommes le feu qu'il avait volé aux dieux. Les *Alpenjäger* avaient dû « neutraliser » le refuge Priyout 11, sur la route du sommet, pour planter le drapeau sur le toit de l'Europe, à 5 642 mètres.

« Dès lors, la présence des Français au refuge Torino représente un obstacle stratégique qu'il faut “neutraliser”, souligne Marin.

C'est étrange comme le souvenir d'une personne peut hanter à jamais votre esprit, alors que, par ailleurs, on oublie tant de choses. Ils se lèvent, Dominique et l'autre, le vieillard ; il a l'œil vif, le visage barré d'un grand nez ; il est bien maigre, sa carrure en impose toujours. Ils enfilent leurs vestes, saluent Thierry, ouvrent la porte, et la nuit les engloutit.

MES LECTURES PENDANT LA RÉDACTION D'*OSER FUIR*

Peter et Leni Gillman, *Eiger extrême*
(Éditions du Mont-Blanc)
John Harling III, *Eiger Obsession*
(Éditions Guérin)
Hergé, *On a marché sur la lune*
Éditions Moulinsart)
Charlie Buffet, *La folie du K2*
(Éditions Guérin)
Anderl Heckmair, *Alpiniste*
(Éditions Guérin)
Pierre Beghin, *L'Homme de tête*
(Éditions Guérin)
Walter Bonatti, *Montagnes d'une vie*
(Éditions J'ai lu)
Gaston Rébuffat, *Étoiles et Tempêtes*
(Éditions Arthaud)
Étienne Ghys, *La petite histoire des flocons de neige*
(Éditions Odile Jacob)
Mario Rigoni Stern, *Le Sergent dans la neige*
(Éditions Les Belles Lettres)
Mario Rigoni Stern, *Sentiers sous la neige*
(Éditions La fosse aux ours)
Rachel Bespaloff, *De L'Iliade*
(Éditions Les Belles Lettres)
Jean-Pierre Vernant, *La traversée des frontières*
(Éditions Points)

Jean-Pierre Vernant, *De la Résistance à la Grèce ancienne*
(Éditions EHESS)
Antoine Nochy, *La bête qui mangeait le monde*
(Éditions Arthaud)
Vinciane Despret, *Habiter en oiseau*
(Éditions Actes Sud)
La Liberté perdue et retrouvée du pays du Mont-Blanc
(Éditions Pierre Dupraz)
Laurent Demouzon, *Combats aux sommets, 1939-1945 dans le massif du Mont-Blanc*
(Association Les amis de la Tour)
Maurizio Meinero, *L'epopea del secondo Alpini in Russia*
(Edizioni Martini)

FILM

Vincent Munier, *Éternel Émerveillé*

REMERCIEMENTS

Christophe Profit, pour les conversations précieuses à propos du monde d'en haut, que nous avons eues au village des Praz et aux Gaillands ; Aldo Meinero, l'*alpino*, le compagnon qui m'a accompagné dans son Mercantour ; Claude Marin, pour ses conseils d'homme de la vallée et de la montagne ; Paul Coquoz, pour le récit qu'il m'a confié de l'assaut du refuge Torino ; Belinda Cannone, grande marcheuse en montagne, pour sa lecture amicale et attentive.

Cet ouvrage a été achevé d'imprimer
pour le compte des ÉDITIONS EXILS
en décembre 2023.

Dépôt légal : janvier 2024.
Numéro d'édition : 79.
Imprimé dans l'Union européenne.